4週間でつくれる はじめてのやさしい俳句練習帖

日下野由季 監修

日本文芸社

目次

この本での学び方

この本では、俳句の基本ルールから趣のある句をつくれるようになるまでを学ぶことができます。
1日1テーマ、4週間で、わかりやすい解説と書き込み式の問題を楽しみながら、
初心者でも必ず句作をレベルアップさせることができるでしょう。

4週間の構成

1週間ごとに学びの目標が決まっていて、段階的に無理なくステップアップできます。各週の最初に「第○週で学ぶこと」というページがありますので、その週をはじめる前に読みましょう。

第1週　俳句の基本を学びます
第2週　俳句づくりのコツを学びます
第3週　俳句を上達させるテクニックを学びます
第4週　完成度を高める見直しの手法を学びます

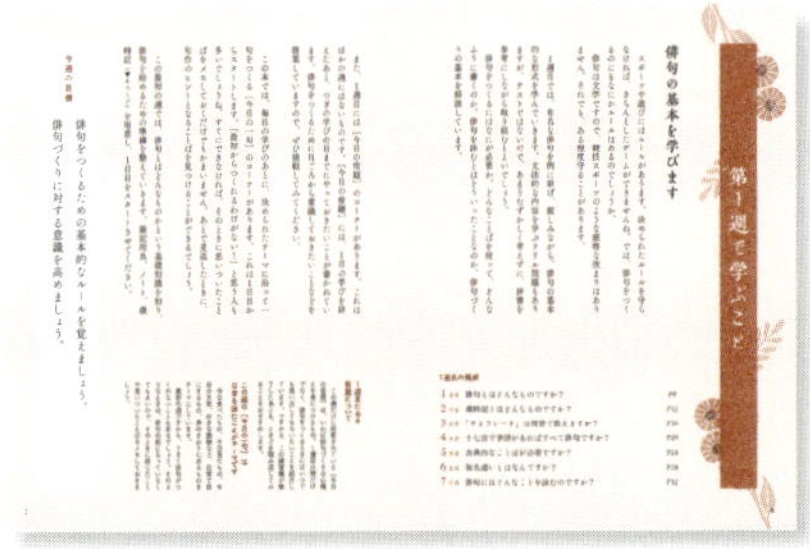

第1週で学ぶこと
俳句の基本を学びます

1日分の練習内容

1日1テーマの解説と、テーマに沿った練習問題で、俳句とはどんなものか、普通の文章とはどう違うか、どうすれば魅力的な俳句がつくれるかなどを学んでいきます。

その日のテーマ
その日に学ぶ内容です。わかりやすいよう1日1テーマにしぼっています。

今日の一句
提示されたテーマに沿って一句つくります。

練習問題
穴埋め問題、選択問題など実際に書き込みながら解いていきます。辞書を使ってもよいでしょう。

今日の名句
覚えておきたい名句を紹介します。「今日の一句」と同じテーマになっているので句作の参考にしても。

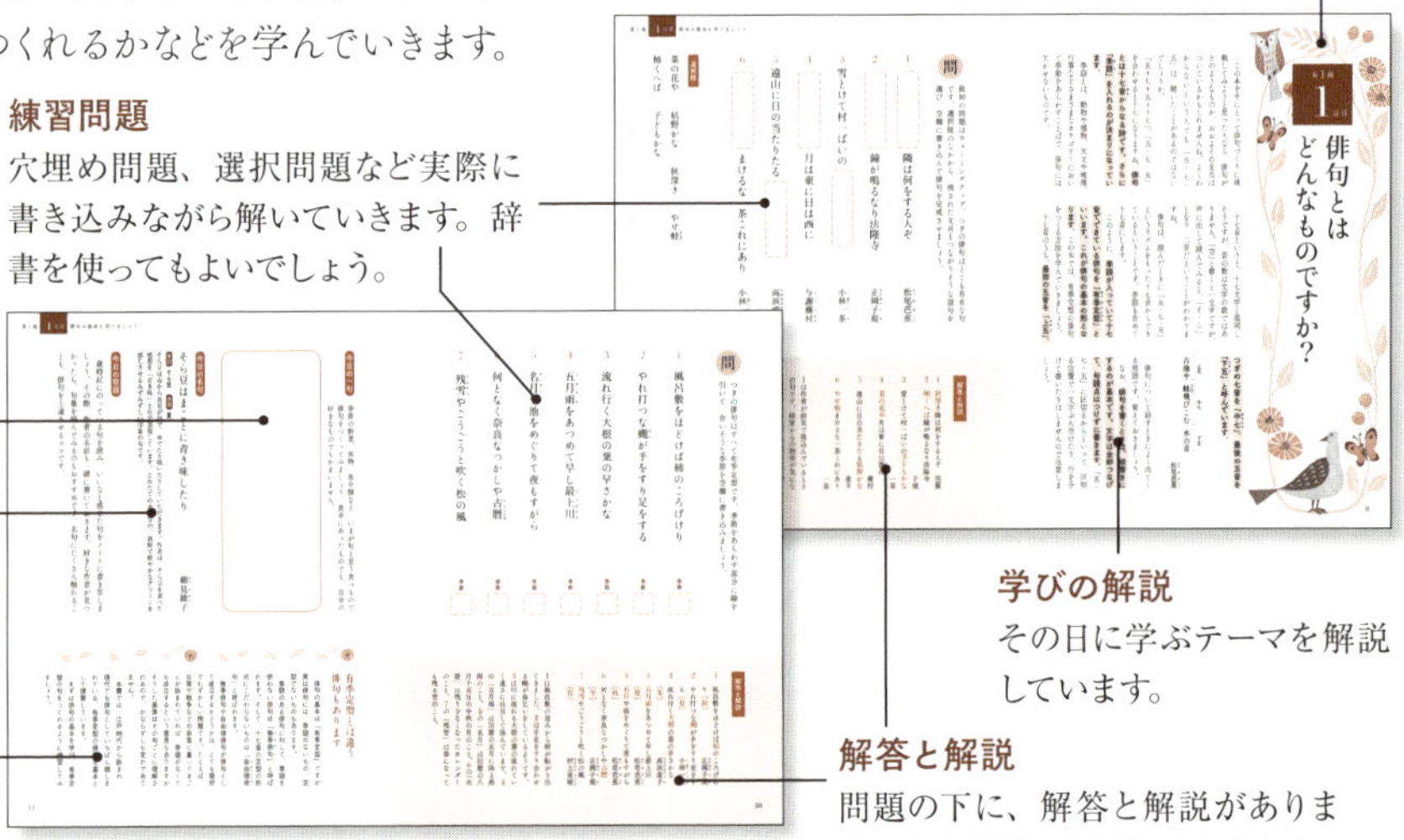

俳句とはどんなものですか?

学びの解説
その日に学ぶテーマを解説しています。

コラム
知っておきたい俳句づくりの知識です。

解答と解説
問題の下に、解答と解説があります。俳句鑑賞の助けにもなります。

練習をはじめる前に

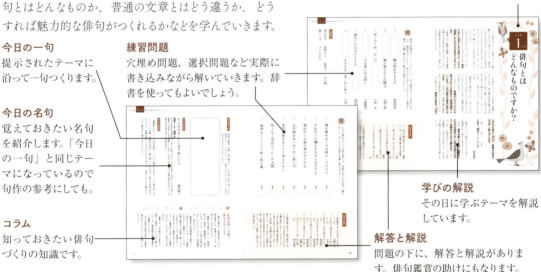

俳句づくりに必要なものを用意しておきましょう。

ノート、筆記用具
つくった俳句を書くのはもちろんですが、俳句に詠みたいことをメモしたり、調べたことばを書きとめておいたりするために、俳句専用のノートを用意しましょう。

歳時記
俳句では「季語」ということばを使います。歳時記は季語を調べるための本です。春夏秋冬の季語を全部まとめたものや、四季ごとに分冊してあるものなどがありますので、手軽に使いやすいものを選びましょう。電子辞書でもかまいません。

国語辞典
ほかに古語辞典など必要に応じて用意してください。電子辞書でもかまいません。

第1週

俳句の基本を学びましょう

俳句の形、俳句をつくるうえでのルールなど基本的なことを学びます。
どんなことばを使い、どんなことを俳句にしたらよいか、
俳句づくりを楽しむための第一歩の週です。

第1週で学ぶこと

俳句の基本を学びます

スポーツや遊びにはルールがあります。決められたルールを守らなければ、きちんとしたゲームができませんね。では、俳句をつくるのにもなにかルールはあるのでしょうか。

俳句は文学ですので、競技スポーツのような厳格な決まりはありません。それでも、ある程度守ることがあります。

1週目では、有名な俳句を例に挙げ、親しみながら、俳句の基本的な形式を学んでいきます。文法的な内容を学ぶドリル問題もありますが、テストではないので、あまりむずかしく考えずに、辞書を参考にしながら取り組むとよいでしょう。

俳句をつくるにはなにが必要か。どんなことばを使って、どんなふうに書くのか。俳句を詠むとはどういったことなのか。俳句づくりの基本を解説しています。

1週目の構成

また、1週目には［今日の宿題］のコーナーがあります。これはほかの週にはないものです。［今日の宿題］には、1日の学びを終えたあと、つぎの学びの日までにやっておきたいことが書かれています。俳句をつくるために日ごろから意識しておきたいことなどを提案していますので、ぜひ挑戦してみてください。

この本では、毎日の学びのあとに、決められたテーマに沿って一句をつくる［今日の一句］のコーナーがあります。これは1日目からスタートします。「最初からつくれるわけがない！」と思う人も多いでしょうね。すぐにできなければ、そのときに思いついたことばをメモしておくだけでもかまいません。あとで見返したときに、句作のヒントとなることばを見つけることができるでしょう。

この最初の週では、俳句とはどんなものかという基礎知識を知り、俳句を始めるための準備を整えていきます。筆記用具、ノート、歳時記（▼4ページ）を用意し、1日目をスタートさせてください。

今週の目標

俳句をつくるための基本的なルールを覚えましょう。
俳句づくりに対する意識を高めましょう。

1週目にある宿題について

この週だけに用意されている［今日の宿題］は、いわば俳句づくりの心構えを身につけるもの。1週目の間だけでなく、俳句をつくるときにはいつでも思い出してもらいたいことを紹介しています。ですから、この練習帳が修了したあとも、ときどき読み返してみることをおすすめします。

この週の［今日の一句］は日常を詠むことがテーマです

今日食べたもの、今日見たもの、今日の天気、好きな動物など、日常で目にするもの、身のまわりにあるものをテーマにしています。

最初の週ですから、うまく俳句がつくれないこともあるでしょう。そのようなときは、俳句の形になっていなくてもよいので、そのときに感じたことや思いついたことばをメモしておきましょう。

第1週 1日目

俳句とはどんなものですか？

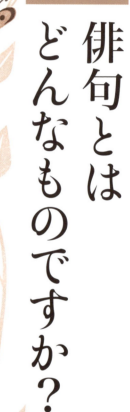

この本を手にとって俳句づくりに挑戦してみようと思った人なら、俳句がどのようなものか、おおよその見当はついているかもしれませんね。よくわからないという人でも、「五・七・五」は、聞いたことがあるのではないでしょうか。

「五＋七＋五＝十七」。「五・七・五」を合わせると十七になりますね。**俳句とは十七音からなる詩です。** さらに **「季語」を入れるのが決まりになっています。**

季語とは、動物や植物、天文や地理、行事などさまざまなカテゴリーにおいて季節をあらわすことばで、俳句には欠かせないものです。

十七音というと、十七文字と混同しそうですが、音の数は文字の数ではありません。「空」と書くと一文字ですが、声に出して読んでみると、「そ・ら」となり、二音だということがわかりますね。

俳句は、読んだときに「五・七・五」というリズムをもった十七音からできているということです。季語も含めて十七音にします。

このように、**季語が入っていて十七音でできている俳句を「有季定型」といいます。これが俳句の基本の形となります。** この本では、有季定型の俳句をつくる方法を学んでいきましょう。

十七音のうち、**最初の五音を「上五」、つぎの七音を「中七」、最後の五音を「下五」と呼んでいます。**

上五 古池や　中七 蛙飛びこむ　下五 水の音
松尾芭蕉

俳句について話すときによく出てくる用語です。覚えておきましょう。

なお、**俳句を書くときは、縦書きにするのが基本です。文字は全部つなげて、句読点はつけずに書きます。**「五・七・五」に区切るからといって、区切る位置で一文字ぶん空けたり、行を分けて書いたりはしませんので注意しましょう。

問

最初の問題はウォーミングアップ。つぎの俳句はとても有名な句です。選択肢のなかから、残された文言とつながりそうな語句を選び、空欄に書き込んで俳句を完成させましょう。

1 （　　　）隣は何をする人ぞ　松尾芭蕉（まつおばしょう）

2 （　　　）鐘が鳴るなり法隆寺　正岡子規（まさおかしき）

3 雪とけて村一ぱいの（　　　）　小林一茶（こばやしいっさ）

4 （　　　）月は東に日は西に　与謝蕪村（よさぶそん）

5 遠山に日の当たりたる（　　　）　高浜虚子（たかはまきょし）

6 （　　　）まけるな一茶これにあり　小林一茶（こばやしいっさ）

選択肢

菜の花や　枯野かな　秋深き　やせ蛙（がえる）

柿くへば　子どもかな

解答と解説

1 **秋深き**隣は何をする人ぞ　芭蕉

2 **柿くへば**鐘が鳴るなり法隆寺　子規

3 雪とけて村一ぱいの**子どもかな**　一茶

4 **菜の花や**月は東に日は西に　蕪村

5 遠山に日の当たりたる**枯野かな**　虚子

6 **やせ蛙**まけるな一茶これにあり　一茶

1は作者が病気で寝込んでいるときの句です。隣家からの物音が気になったのでしょう。2は寺の鐘の響きに秋を感じたことを句にしています。3は「雪とけて」が春の季語です。春の訪れとともに子どもたちが外に飛び出してきました。4は黄色い菜の花が満開の季節、春の穏やかな日暮れの様子を詠んでいます。5は遠くの山に日が当たっている風景を枯野から見ている状況です。遠山の光と枯野の影が対照的です。6は蛙合（かわずがっ）戦（せん）で戦っている蛙に「一茶がついているぞ」と応援しています。

問

つぎの俳句はすべて有季定型です。季節をあらわす部分に線を引いて、合いそうな季節を空欄に書き込みましょう。

1 風呂敷をほどけば柿のころげけり　季節 □

2 やれ打つな蝿(はえ)が手をすり足をする　季節 □

3 流れ行く大根の葉の早さかな　季節 □

4 五月雨(さみだれ)をあつめて早し最上川(もがみがわ)　季節 □

5 名月(めいげつ)や池をめぐりて夜(よ)もすがら　季節 □

6 何となく奈良なつかしや古暦(ふるごよみ)　季節 □

7 残雪(ざんせつ)やごうごうと吹く松の風　季節 □

解答と解説

1 風呂敷をほどけば柿のころげけり　正岡子規(まさおかしき)［秋］

2 やれ打つな蝿が手をすり足をする　小林一茶(こばやしいっさ)［夏］

3 流れ行く大根の葉の早さかな　高浜虚子(たかはまきょし)［冬］

4 五月雨をあつめて早し最上川　松尾芭蕉(まつおばしょう)［夏］

5 名月や池をめぐりて夜もすがら　松尾芭蕉(まつおばしょう)［秋］

6 何となく奈良なつかしや古暦　正岡子規(まさおかしき)［冬］

7 残雪やごうごうと吹く松の風　村上鬼城(むらかみきじょう)［春］

1は風呂敷の包みから柿が転がり出てきました。2は手足をすり合わせる蝿が命乞いをしているようです。3は川に流れる大根の葉の流れていく速さに注目して詠んでいます。4の「五月雨」は旧暦の五月に降る長雨のこと。5の「名月」は旧暦の八月十五日の中秋の月のこと。6の「古暦」は残り少なくなったカレンダーのこと。7の「残雪」は春になっても残る雪のこと。

今日の一句

季節の野菜、果物、魚介類など、いまが旬と思う食べもので俳句をつくってみましょう。食卓にあったものでも、自分の好きなものでもかまいません。

今日の名句

そら豆はまことに青き味したり　細見綾子

季語 そら豆　季節 夏

そら豆は春から初夏が旬で、ゆでたり焼いたりしていただきます。作者は、そら豆を食べた感想を「青き味」と色で表現しています。とれたてのそら豆の、新鮮で鮮やかなグリーンを感じさせるみずみずしい印象の句です。

今日の宿題

歳時記にのっている句を読み、いいなと感じた句をノートに書き写しましょう。その際、作者の名前も一緒に書いておきます。好きな作者が見つかったら、句集を読んでみるのもおすすめです。名句にたくさん触れることも、俳句を上達させるコツです。

有季定型とは違う俳句もあります

俳句の基本は「有季定型」ですが、実は俳句には、季語のないもの、定型でないものもあります。

季語のある俳句に対して、季語を使わない俳句は「無季俳句」と呼ばれます。そして、十七音の定型の形式にこだわらないものは「自由律俳句」と呼ばれます。

無季俳句や自由律俳句が俳句として成立するかどうかは、とても微妙でむずかしい問題です。たとえば、災害や戦争などの非常に重いできごとが詠まれていれば、季語がなくても成立するという意見もありますが、そうした基準はその句ごとに理解されるので、かならずしも定かでありません。

本書では、江戸時代から詠まれ、現代でも俳句としていちばん親しまれている、有季定型の俳句を基本として提案しています。

まずは俳句の基本を学び、有季定型の句をつくれるように練習してみましょう。

第1週 2日目

歳時記とはどんなものですか？

俳句には季節を表現するための季語が必要です（▼8ページ）。その季語を教えてくれるのが「歳時記（さいじき）」です。**歳時記は、たくさんの季語を四季ごとに分類してまとめたもの**です。さらに、その季語を使った例句がのっており、句をつくるときや季語を理解する際の手助けをしてくれます。

一般に歳時記のなかで**季語は、「春・夏・秋・冬・新年」という五つの季節に区分され、さらに「時候・天文・地理・生活・行事・動物・植物」のような項目に分けられています**。たとえば、〈春〉の季節の〈生活〉の項目を開いてみると、「朝寝」や「花見」などの季語が出ています。春の様子が感じられることばですよね。

ところが、歳時記をよく見ると、実際の季節には合わないと思われることばを発見することがあります。たとえば、「すいか」は夏によく食べますが、歳時記では秋の季語です。「枯葉」は秋のように感じますが、冬の季語です。

私たちは現在、明治時代に取り入れられた太陽暦で一年の四季を感じています。一方、歳時記では旧暦（太陰太陽暦）をもとに四季が分けられています。そのため、新旧ふたつの暦で季節の区分にズレが生じているのです。

俳句をつくるときは、歳時記の季節を基準としますので、最初のころは、通常の季節とのズレに違和感をもつ人も多いと思います。ですが、俳句を続けていくと、季語ひとつひとつのもつ季節感を少しずつつかめるようになるでしょう。そうすれば季節のズレもあまり気にならなくなってきます。

［歳時記の季節］

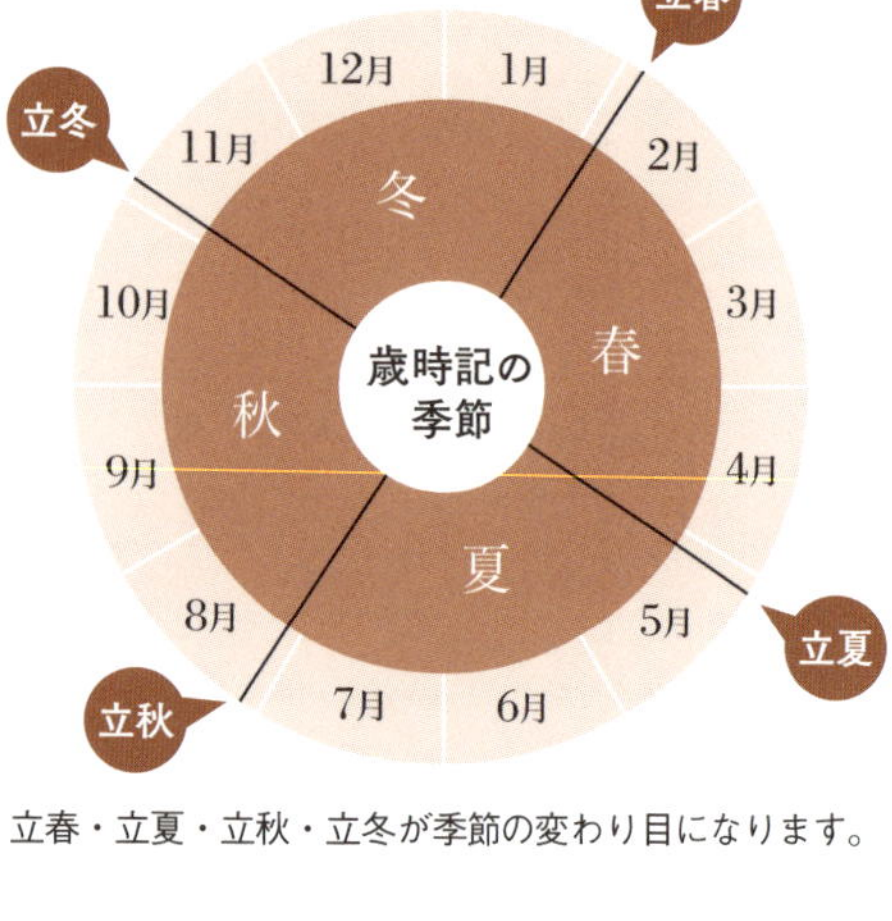

立春・立夏・立秋・立冬が季節の変わり目になります。

問

つぎのことばは、すべて歳時記に掲載されている季語です。いつの季節のものか、「春・夏・秋・冬」のなかから選び空欄に書き込みましょう。

1 虹 季節 □

2 猫の恋 季節 □

3 温め酒 季節 □

4 夜食 季節 □

5 マスク 季節 □

6 涼し 季節 □

7 雨水 季節 □

8 甘酒 季節 □

9 小春日和 季節 □

10 夕焼け 季節 □

11 相撲 季節 □

12 三寒四温 季節 □

解答と解説

1 夏　2 春　3 秋
4 秋　5 冬　6 夏
7 春　8 夏　9 冬
10 夏　11 秋　12 冬

1の「虹」は夏の夕立の後に多く出ます。2の「猫の恋」は、猫の発情期が春であることからできた季語です。3の「温め酒」は旧暦九月九日(重陽)に飲んだ温めた酒のことです。4の「夜食」は、昔の農村では夜の作業のあとに軽い食事をとる風習がありました。5の「マスク」は防寒や風邪の予防に使われます。6の「涼し」は夏に感じる涼をあらわします。7は春の暦のことばです。8の「甘酒」は栄養が豊富なため、昔から夏バテ予防のドリンクでした。9の「小春日和」は、「春のような穏やかに晴れた冬の暖かな日」という意味です。10の「夕焼け」は夏がいちばん鮮やかに見えます。11の「相撲」は、秋祭りの神事です。12の「三寒四温」は冬の寒暖の変化のことです。

問

選択肢のなかの季語のイメージを考え、残された文言とつながりそうなものを句中の空欄に書き込みましょう。さらに、いつの季節の俳句か、季節の空欄に書き込んでください。

1 （　　　）北よりすれば北を見る　季節（　）

2 （　　　）のおくれ走りてつながりし　季節（　）

3 海に出て（　　　）帰るところなし　季節（　）

4 うつくしや障子の穴の（　　　）　季節（　）

5 （　　　）鳴く鳴く飛ぶぞ忙はし　季節（　）

6 風吹けば来るや隣の（　　　）　季節（　）

選択肢

ほととぎす　鯉幟　いなびかり

天の川　木枯　遠足

解答と解説

1 いなびかり北よりすれば北を見る［秋］　橋本多佳子

2 遠足のおくれ走りてつながりし［春］　高浜虚子

3 海に出て木枯帰るところなし［冬］　山口誓子

4 うつくしや障子の穴の天の川［秋］　小林一茶

5 ほととぎす鳴く鳴く飛ぶぞ忙はし［夏］　松尾芭蕉

6 風吹けば来るや隣の鯉幟［夏］　高浜虚子

1の「いなびかり」は雷の電光で稲妻のこと。「雷」は夏の季語ですが、「稲光」は秋です。2の「遠足」は暖かさが増し、気候がよくなる春が最適です。3の「木枯」は晩秋から初冬に吹く風です。4の「天の川」は七夕と結びつきがあり、七夕は夏の行事として楽しまれていますが、俳句では秋です。5の「ほととぎす」は夏を告げる鳥で、夏の季語です。6の「鯉幟」は、五月五日の端午の節句に揚げます。俳句では夏の季語です。

今日の一句

最近見かけた植物の季語で俳句をつくってみましょう。樹木、花のほか野菜も植物のカテゴリーに入ります。歳時記を開いて季語になる植物を探してみましょう。

今日の名句

朝顔や濁り初めたる市の空

杉田久女

季語 朝顔 季節 秋

朝、ひらいた朝顔を見て、目を空へ転じると、朝ごはんの準備を始めた家々のかまどや工場の煙突から煙が上がり、町の空がうっすらと濁りはじめているという句です。この句が詠まれたのは昭和初期です。「朝顔」は夏の風物詩的な花ともいえますが、歳時記では秋の季語。

今日の宿題

歳時記から、いまの季節の季語で気になるものを探し、ノートに書き出しましょう。同じ季節をあらわす季語でも、いろいろな表現のあることがわかると思います。どんな意味で使われる季語か、その季語を使った俳句にどんなものがあるかなども一緒に確認しておくと、俳句をつくるときに参考になります。季語をたくさん覚えましょう。

歳時記の「新年」は特別な区分です

歳時記は、暦の「立春・立夏・立秋・立冬」を境に季節が変わります。立春は節分の日の翌日で、二月上旬にやってきますから、二月には春の句を詠むことになります。

歳時記には、「春・夏・秋・冬」という四季のほかに、「新年」という特定の時期を独立させているものが多くあります。これは、暦が旧暦から新暦に変わった際に考えられたものです。

日本人にとってお正月は、新たな一年が始まる特別な時期です。一方で、「一年の始まりは春」という考え方もあります。そのため、お正月が真冬では違和感があったのでしょう。一年のスタートを特別に思う気持ちから、春夏秋冬とは別ものとしてつくられた区分といえます。

新年の区分は、一月一日から一月十五日（または一月七日）までです。お正月らしく「初富士」「初日記」「稽古始」など「初」や「始」がつく季語が多くあります。

第1週 3日目

「チョコレート」は何音で数えますか？

俳句は十七音からなる詩ですが、十七音には数え方のルールがあります。

じゃんけんの遊びで、チョキで勝ったら「チョコレート」、パーで勝ったら「パイナップル」と音の数だけ進む遊びがあります。この遊びでは、チョコレートを「チ・ヨ・コ・レ・イ・ト」と六つの音に分けて数えます。「パイナップル」も「パ・イ・ナ・ツ・プ・ル」と六つです。でも、俳句の数え方は少し違います。

俳句では、チョコレートを「チョ・コ・レ・ー・ト」と分けて五音にします。「チョ」は小さい「ョ」を添えて一音で数えます。このように**「ちゃ・ちゅ・ちょ」「きゃ・きゅ・きょ」「りゃ・りゅ・りょ」など小さい「ゃ・ゅ・ょ」が入る音は「拗音」と呼ばれ、一音に数える決まりです。**「クァ・ティ・トゥ」など小さい「ァ・ィ・ゥ」が入る音も一音で数えます。

チョコレートの**「レー」と伸ばす音は「長音」といいます。長音は伸ばすところも一音と考える**ため、「レ・ー」と二音に数えます。

では「パイナップル」はどうでしょうか。小さい「ッ」を入れて**「ナッ」と短く読む音は「促音」といいます。促音は小さい文字も一音に数える決まり**で、「パ・イ・ナ・ッ・プ・ル」と六音になります。「切手」は「き・っ・て」で三音、「ハッとする」は「ハ・ッ・と・す・る」で五音と数えます。

もうひとつ数え方のルールに「ん」があります。**「ん」は「撥音」と呼ばれ、これも一音として数えます。**「みかん」は、「み・かん」とはいわず、「み・か・ん」として三音です。

ひらがな、カタカナ、漢字、どの表記でも音の数え方は同じです。最初は指を折りながらでも、慣れてくればリズムとして自然に身についてきます。

なお、拗音と促音については、ひらがなで書くときに、「おちゃ（お茶）」とすべて大きな文字で書くことがあります（▼19ページ）。その場合でも「おちゃ」の「ちゃ」は拗音なので、「お・ちゃ」と二音になります。

問

つぎのことばには、拗音、長音、促音、撥音のいずれかの音が入っています。当てはまるものすべてに○をつけて、音数を空欄に書き込みましょう。

1　あんず　［拗音・長音・促音・撥音］　□音

2　茶摘（ちゃつみ）　［拗音・長音・促音・撥音］　□音

3　流氷（りゅうひょう）　［拗音・長音・促音・撥音］　□音

4　ハンモック　［拗音・長音・促音・撥音］　□音

5　山椒の実（さんしょうのみ）　［拗音・長音・促音・撥音］　□音

6　端午の節句（たんごのせっく）　［拗音・長音・促音・撥音］　□音

7　チューリップ　［拗音・長音・促音・撥音］　□音

8　日射病（にっしゃびょう）　［拗音・長音・促音・撥音］　□音

解答と解説

1　撥音／三
2　拗音／三
3　拗音／四
4　撥音・促音／五
5　撥音・拗音／六
6　撥音・促音／七
7　拗音・長音・促音／五
8　促音・拗音／五

1は撥音を一音に数えて「あ・ん・ず」の三音になります。2の拗音は一音なので「ちゃ・つ・み」で三音になります。3は「りゅ・う・ひょ・う」と拗音が2か所あり、四音になります。4の促音と撥音は一音に数えるので「ハ・ン・モ・ッ・ク」で五音になります。5は拗音を一音に数えるため「さ・ん・しょ・う・の・み」で六音になります。6は「た・ん・ご・の・せ・っ・く」で七音になります。7は長音と促音を一音に数えるので「チュ・ー・リ・ッ・プ」で五音になります。8は促音を一音に数え、拗音がふたつあるので、「に・っ・しゃ・びょ・う」で、五音になります。

問 つぎのことばの音数を数えて、空欄に書き込んでください。拗音、長音、促音、撥音を意識して数えてみましょう。

1 ヨット　□音

2 キャンプ　□音

3 アイスコーヒー　□音

4 サーフィン　□音

5 初出社（はつしゅっしゃ）　□音

6 立春（りっしゅん）　□音

7 曼珠沙華（まんじゅしゃげ）　□音

8 春分（しゅんぶん）　□音

9 菖蒲園（しょうぶえん）　□音

10 中秋（ちゅうしゅう）　□音

11 がちゃがちゃ　□音

12 ほっぺ　□音

13 しゃぼんだま　□音

14 郭公（かっこう）　□音

解答と解説

1 三	2 三	3 七	4 四
5 五	6 四	7 五	8 四
9 五	10 四	11 四	12 三
13 五	14 四		

1は促音の「ヨ・ッ・ト」で三音です。2は拗音と撥音で「キャ・ン・プ」の三音です。3は長音がふたつで「ア・イ・ス・コ・ー・ヒ・ー」の七音です。4は長音と拗音が入り「サ・ー・フィ・ン」で四音です。5、6は拗音と促音の混在で、それぞれ「は・つ・しゅ・っ・しゃ」の五音、「り・っ・しゅ・ん」の四音です。7、8、9は拗音と撥音の混在で、それぞれ「ま・ん・じゅ・しゃ・げ」の五音、「しゅ・ん・ぶ・ん」の四音、「しょ・う・ぶ・え・ん」の五音です。10は二か所に拗音が入り「ちゅ・う・しゅ・う」の四音です。11は拗音で「が・ちゃ・が・ちゃ」の四音です。12は促音で「ほ・っ・ぺ」と三音です。13は拗音と撥音が入り、「しゃ・ぼ・ん・だ・ま」で五音です。14は「か・っ・こ・う」で四音です。

今日の一句

動物の季語で俳句をつくってみましょう。哺乳類のほか、鳥、魚、虫も動物の季語に分類されています。拗音、長音、促音、撥音が入るようなら、音数に注意してつくりましょう。

今日の名句

掌にのせて子猫の品定め　富安風生

季語 子猫　**季節** 春

猫は春に出産することが多いため「子猫」は春の季語となります。子猫をもらい受ける場面でしょう。作者は生まれたばかりの子猫を一匹ずつ掌に乗せて、どの子にしようかと考えているようです。

今日の宿題

まわりにあるものの音を数えてみましょう。テーブルの上、ソファのまわり、キッチンのなか、窓の向こう側。目についたものの音数を数えてください。ものだけではなく、「コップを置く」「読書」「雨が降る」など行動や状態も数えてみましょう。慣れないうちは、頭のなかだけで考えず、ノートに書き出したり、声に出して数えたりすると間違えにくくなります。

ひらがなの書き方が変わる場合があります

日本語には、ひらがな、カタカナ、漢字があります。一方で、俳句をつくるときのことばには、文語または口語（▼24ページ）、文字の書き方には、旧仮名遣いまたは新仮名遣い（▼28ページ）の種類があります。

これらについては、あとでくわしく学びますが、どのことばを使うかで、ひらがなの書き方が変わることを覚えておきましょう。

旧仮名遣いでひらがなを書く場合は、「きゆうり」とすべて大きな文字で書くことが決まりです。一般的に、文語で俳句をつくる場合は、旧仮名遣いを使う人が多くなります。口語でつくる場合は、新旧どちらでもよいのですが、ひとつの俳句に、新旧を混在させてはいけません。

カタカナはすべて「キュウリ」と通常通りです。なお、カタカナは本来、「シャツ」「サッカー」「パン」など外来語に用いるものなので、俳句でもそうするほうがよいでしょう。

第1週 4日目

十七音で季語があればすべて俳句ですか？

俳句は「季語の入った十七音の詩」ということは学びました（▼8ページ）。では、つぎの文を読んでみましょう。

私は昨日きれいな桜を見た

この文は、音の数でいうと十七音です。歳時記で確認するとわかりますが、「桜」は春の季語です。季語が盛り込まれ、音が十七音あるので、俳句の条件を満たしているようです。

しかし、これを俳句と思う人はいないのではないでしょうか。なぜならこの文は、リズムもなく、作文のようにことばが続いているだけだからです。

では、つぎの文はどうでしょうか。

昼どきの春風がシャツふくらます

前の文に比べれば、俳句に近いようにも感じますね。しかし、俳句らしいリズムはまだ弱く感じます。これを少し書きかえてみましょう。

春風にシャツのふくらむ昼休み

こうすれば、ぐっと俳句らしくなりました。五七五のことばをリズムよく読むことができると思います。つぎの俳句を読んでみてください。

バレンタインデー心に鍵の穴ひとつ
上田日差子（うえだひざし）

上五の「バレンタインデー」は八音ですが、声に出して読むと「バ・レン・タ・イン・デー」と読むことができませんか。

この句のように、**十七音以上のものを「字余り（じあまり）」**（▼58ページ）といいますが、実は字余りの句は、めずらしいものではありません。**字余りであっても俳句のリズムにのっていれば問題ないのです。**逆をいえば、**季語を入れて音数だけをあわせても、俳句らしいリズムが出ないとよい句になりません。**

「五・七・五」は日本人には親しみやすく、なじみやすいリズムです。**俳句をつくるときは、声に出しリズムを意識しながらつくることが大切です。**

問

それぞれAとBのふたつの文で、俳句らしいリズムがあるのはどちらでしょうか。声に出して読み、俳句らしいリズムのあるほうを選んで、AかBに◯をつけましょう。

1
A　皿の上にたつぷりとパセリ散らす
B　たつぷりとパセリを散らす皿の上

2
A　花形に花火が揚がる連続で
B　つぎつぎと花咲くごとく揚花火

3
A　白百合や教会の門閉ぢられて
B　白い百合教会の門が閉ぢてゐる

4
A　庭の隅に冬菊がひつそりと咲く
B　冬菊のひつそりと咲く庭の隅

5
A　七夕の短冊に書く願ひ事
B　七夕の短冊願ひ事を書く

6
A　春の日のケーキを選ぶショーケース
B　春の日にショーケースからケーキ選ぶ

解答と解説

1 B　2 B　3 A
4 B　5 A　6 A

全体的に「～が」「～に」「～で」といった助詞が多いとふつうの文章のようになってしまい、俳句のリズムが弱くなります。作文的になってしまうときは、語句を入れ替えて助詞を整理するとよいでしょう。

1のAは動作を手順通りに書いていて作文のようです。上五の「皿の上に」にリズムが感じられません。2のAは「花形に」「花火が」「連続で」と助詞が多く文章的です。3では、Bの「白い百合」よりもAの「白百合や」とするほうがことばが簡潔になり、百合が引き立ちます。Aの下五の「閉ぢられて」は余韻が感じられ俳句らしい響きです。4のAは全体的に作文のようでリズムがありません。5のBは中七の途中の「短冊」で切れ、最後の「書く」でも切れ、全体が途切れた印象です。6のBは下五の「ケーキ選ぶ」の字余りがリズムよくありません。

問

バラバラになっている語句を並びかえて、俳句を完成させましょう。矢印のある空欄にⓐ〜ⓒを正しい順に書き込んでください。俳句のリズムを意識し語句をつなげましょう。

1 ⓐ飲み干して ⓑソーダ水（すい） ⓒ楽しき刻（とき）を

2 ⓐ舞台のごとく ⓑ人去りし ⓒ冬の園（その）

3 ⓐ今年竹（ことしだけ） ⓑけふよりの ⓒ風の高さや

4 ⓐ海の青さを ⓑ奪ひ合ふ ⓒ冬鴎（ふゆかもめ）

5 ⓐひらきぐせある ⓑ文庫本 ⓒ雪の香（か）や

6 ⓐ言葉は嫌ひ ⓑ曖昧（あいまい）な ⓒ青き踏む

7 ⓐ夕桜 ⓑギター弾く ⓒ指先ほてる

8 ⓐ秋霖（しゅうりん）の ⓑ己（おの）が影 ⓒ消しゆくものに

（　）↓（　）↓（　）

解答と解説

1 ⓑ→ⓒ→ⓐ　2 ⓑ→ⓐ→ⓒ

3 ⓑ→ⓒ→ⓐ　4 ⓒ→ⓐ→ⓑ

5 ⓒ→ⓐ→ⓑ　6 ⓑ→ⓐ→ⓒ

7 ⓑ→ⓒ→ⓐ　8 ⓐ→ⓒ→ⓑ

※引用句はすべて日下野由季の句です。

1　ソーダ水楽しき刻を飲み干して
「ソーダ水」は夏の季語です。

2　人去りし舞台のごとく冬の園
「去りし」は「去った」ということ。

3　けふよりの風の高さや今年竹
「けふ」は「今日」で、今年竹（若竹）は夏の季語です。ぐんと成長した今年竹の高さに風が見えます。

4　冬鴎海の青さを奪ひ合ふ
群青の海に群がる鴎の白が印象的。

5　雪の香やひらきぐせある文庫本

6　曖昧な言葉は嫌ひ青き踏む
「青き踏む」は春の季語。もとは旧暦三月三日に野に出て青草を踏む宴で、現在は春の野に遊ぶことです。

7　ギター弾く指先ほてる夕桜

8　秋霖の消しゆくものに己が影
「秋霖」は秋の雨。小雨がしとしとと降り続く長雨です。

今日の一句

いまの季節の季語を使って俳句をつくってみましょう。現代の季節の区分と歳時記の季節の区分には少しズレがあるので、季語選びに注意が必要です。俳句らしいリズムを意識してつくりましょう。

今日の名句

バスを待ち大路の春をうたがはず　石田波郷

季語 春　季節 春

大通りのバス停でバスがくるのを待ちながら、いまは確実に春という季節であると実感していることを詠んでいる句です。街の様子を観察し、周囲の人たちの服装や面持ち、日差しや空気から感じる陽気などから春を感じているのでしょう。

今日の宿題

身のまわりのものや状態を五音か七音で表現してみましょう。たとえば、「赤い花」は五音です。「花びんの花」は六音ですが、「花生けて」にすると五音になりますね。笑っている子どもがいれば「子が笑う」、自分専用の本棚なら「我が書棚」、水滴のついたグラスなら「水滴まとう」など、表現を工夫して五音、七音のリズムをつくってみましょう。

季語は一句にひとつと心得ましょう

ひとつの俳句にふたつ以上の季語が入ることを「季重なり」といいます。同じ季語をくり返し使う、同じ季節の季語を複数使う、違う季節の季語を複数使う。これはすべて季重なりです。

基本的に季重なりはルール違反になってしまいます。季重なりの句もありますが、それを成功させるには季語を深く知り、使い分けのできるテクニックが必要です。初心者は、「ひとつの俳句に季語はひとつ」と覚え、季重なりは避けましょう。

俳句を始めたばかりの人がつくりがちな句に、こんなものがあります。

〈ベランダでビール片手に夕涼み〉

「夕涼み」は夏の季語だとわかりやすいですね。ところが実は、「ベランダ」も「ビール」も夏の季語です。なにげなく思いついたことばが季語であることも少なくありません。季重なりを避けるためには、歳時記をチェックすることが大切です。

第1週 5日目

古典的なことばが必要ですか？

ことばには、大きく分けて「口語」と「文語」のふたつがあります。**口語とは「話しことば」のことですが、広い意味では、日常で私たちが使っている「現代語」全般を指します。**

一方、**文語は「書きことば」ということになりますが、俳句の世界では「平安時代の文法に基づく文体」という意味で使われます**。いわゆる、古典文学で使われているようなことばや文体が文語になります。

俳句をつくるときは、文語でも口語でもかまいません。文語と口語の混在した俳句を、許容範囲だとする人も増えています。ただし、現代でも、どちらかといえば文語で句作する人のほうが多いといえるでしょう。

俳句の定型である「五七五」は、平安時代の和歌から派生したものです。ですから、俳句のリズムには文語のことばが乗せやすい面があるのかもしれません。つぎの句を読んでください。

十六夜の竹ほのめくにをはりけり　水原秋櫻子

「十六夜」は十五夜の翌夜の月です。この句の「ほのめくに」や「をはり」は文語で、「十六夜の光はかすかに竹を照らしただけだ」と詠んでいます。最後の「けり」も俳句らしいと思いませんか。これも文語の表現です。

また、歳時記に載っている季語も文語が中心です。〈春浅し〉〈秋深し〉といった季語を用いるなら、季語以外の部分も文語にしたほうが、句全体に統一感が生まれます。たとえば、〈秋深し〉という季語は、「秋の気配が深まってきた」という意味の文語です。**十七音でつくるという制約のある俳句では、音数が少なくても、深い意味を感じさせてくれる文語はとても便利です**。さらに、**一句全体の調子が整いやすくなるというメリットもあります**。

文語は古いことばですので、最初はむずかしいと感じるかもしれませんが、文語のもつ格式や味わいを楽しむのも俳句をつくる楽しみのひとつです。

問

つぎの俳句は文語、口語のどちらでつくられたものでしょうか。文語と口語の空欄に、当てはまる句の番号を書き込んでください。声に出して読みながら考えてみましょう。

1 綿菓子に絡(から)まつてくる春の風　いのうえかつこ

2 夕焼けを見し手袋を重ねおく　村上鞆彦(むらかみともひこ)

3 階段の途中はながい夜だつた　津沢(つざわ)マサ子(こ)

4 枯園(かれその)や水色多き案内図　神野紗希(こうのさき)

5 約束の寒の土筆(つくし)を煮て下さい　川端茅舎(かわばたぼうしゃ)

6 飛び越せぬ川のありけり鳥雲(とりくも)に　日下野由季(ひがのゆき)

7 菜の花がしあはせさうに黄色して　細見綾子(ほそみあやこ)

8 短日(たんじつ)や模型の都市の清らなる　高柳克弘(たかやなぎかつひろ)

文語

口語

解答と解説

文語／2、4、6、8
口語／1、3、5、7

1の「絡まつて」は、文語なら「絡まりて」となります。綿菓子にまるで絡まるように春風が吹いているという句です。2の「見し」は口語なら「見た」になります。3の「ながい」は、文語なら「ながき」です。「夜だつた」も作者のつぶやきのようで、口語のセリフのように思えます。4「水色多き」は口語なら「水色の多い」となります。枯園は冬の庭園のことです。5は一句全体が会話のことばになっています。6「飛び越せぬ」は口語なら「飛び越せない」となります。大きな川にいるのでしょう。「鳥雲に」は「鳥雲に入る」ともいい春の季語です。7「しあはせさうに」は「しあわせそうに」と読みます。素直な口語の表現です。8の「清らなる」は優雅な古語で、「気品があって、美しい、輝かしく美しい」という意味があります。都市の模型を見ているのか、都市が模型のように見えたのかもしれません。

問

つぎの句は文語でつくられています。文語で表現された部分すべてに線を引いてみましょう。

1 しら露（つゆ）もこぼさぬ萩のうねり哉（かな）　松尾芭蕉（まつおばしょう）

2 いづこよりわく水ならむ萍（うきくさ）に　久保田万太郎（くぼたまんたろう）

3 鶏頭（けいとう）の十四五本もありぬべし　正岡子規（まさおかしき）

4 われの星燃えてをるなり星月夜（ほしづきよ）　高浜虚子（たかはまきょし）

5 菫程（すみれほど）な小さき人に生（うま）れたし　夏目漱石（なつめそうせき）

6 夕映の甘藍（かんらん）蝶を去らしめず　木下夕爾（きのしたゆうじ）

7 ひく波の跡美（あとうつく）しや桜貝　松本（まつもと）たかし

8 もつ花におつるなみだや墓まゐり　飯田蛇笏（いいだだこつ）

解答と解説

1 しら露も**こぼさぬ**萩のうねり哉

2 **いづこ**よりわく水**ならむ**萍に

3 鶏頭**の**十四五本も**ありぬべし**

4 われの星燃えて**をるなり**星月夜

5 菫程な**小さき**人に**生れたし**

6 夕映の甘藍蝶を**去らしめず**

7 ひく波の跡**美しや**桜貝

8 もつ花に**おつる**なみだや墓まゐり

1の「こぼさぬ」は、「こぼす」の未然形「こぼさ」に打ち消しの助動詞「ぬ」がつき、「こぼさない」という意味です。

2の「いづこ」は「どこ」という意味。「ならむ」は疑問の気持ちを込めた推量をあらわす古語で、「～だろうか」という意味です。うきくさを見て、流れてくる水はどこからわいてくるのだろうと詠んだ句です。

3の「鶏頭の」の「の」は主語をあらわす「が／は」と同じ意味です。「ありぬべし」は、「ある」の連用形「あり」＋助動詞「ぬ」の終止形＋推量の助動詞「べし」で、「きっとあるだろう」という意味です。

今日の一句

歳時記の〈行事〉の項目から好きな季語を選び、俳句をつくってみましょう。行事そのものが季語の場合もありますし、行事で使用する道具が季語のこともあります。文語を使う場合は、正しく使えているか確認しましょう。

今日の名句

世の中も寂しくなりぬ三の酉(とり)　正岡子規(まさおかしき)

季語 三の酉　**季節** 冬

酉の市は十一月の酉の日に行われるお祭りで、幸運や金運をかき集めるといわれる縁起熊手を求める人でにぎわいます。暦の関係で、三の酉は毎年あるものではありません。三の酉のにぎわいには特別感があり、にぎわいが大きいぶん寂しさが増すのかもしれません。

今日の宿題

歳時記に出ている句をたくさん読んでみましょう。歳時記には文語を用いた句もたくさんありますので、いろいろな句を読むうちに、文語で書かれた表現にも慣れてきます。文語、口語にかかわらず、意味のわからない語句はノートに書き写し、辞書で調べましょう。これを心がけておくと、使えることばが増えて、俳句づくりにも役立ちます。

4の「われ」は「私」という意味。「をるなり」は、「居り」の終止形「をる」＋断定の助動詞「なり」で、「いるのである」という意味です。

5は「小さい」という意味の古語「小さし」が「人」という名詞につながるため連体形の「小さき」になります。「生れたし」は、「生る」の連用形「生れ」に希望の助動詞「たし」をつけて、「生れたい」という願望をあらわしています。

6は「去る」の未然形「去ら」＋助動詞「しむ」の未然形「しめ」＋打消しの助動詞「ず」で、「去らせない」という意味です。「甘藍」はキャベツの別名です。

7の「美し」は「うつくしい、きれいだ」という意味で、「や」をつけて「なんと美しいことよ」と感激しています。

8の「おつる」は、「落ちる」という意味の古語「落(お)つ」が「涙」につながるため「落つる」という連体形になります。

第1週 6日目

仮名遣いとはなんですか？

日本語の書き文字には、ひらがな・カタカナ・漢字がありますが、ひらがなとカタカナは、まとめて「仮名（かな）」と呼ばれます。この**仮名の表記のしかたを仮名遣いといいます。**

仮名遣いには、現代で使われる「新仮名遣い（現代仮名遣い）」と、古典・古文で用いられる「旧仮名遣い（歴史的仮名遣い）」とがあります。**新仮名遣いは、ことばを現代の日本語の発音の通りに表記します。私たちがふだん使っているもの**ですから、わかりやすいと思います。

これに対して、**旧仮名遣いは明治時代から戦後すぐのころまで使われてきた表記**です。たとえば「ちょうちょう（蝶々）」は「てふてふ」、「おうぎ（扇）」は「あふぎ」などと書きあらわします。「ゐ（い）」「ゑ（え）」「ヰ（イ）」といった文字も旧仮名遣いのものです。

旧仮名遣いでひらがなを書くときには、「かぼちや（かぼちゃ）」と拗音もすべて大きい文字で書くというルールがあります。カタカナの場合は「シャツ」と小さい文字のままで書きます。

俳句をつくるときに旧仮名遣いにするか、新仮名遣いにするかは自由です。一般的には、文語（▼24ページ）で俳句をつくるときは、旧仮名遣いがよいとされます。口語はどちらでもよいのですが、旧仮名遣いを用いる人も少なくありません。

決まりごととして、**ひとつの句に、新仮名と旧仮名を混用してはいけない**ということがあります。一句のなかでは、仮名遣いは新旧のどちらかに統一しましょう。

俳句は、かたちは変わりながらも、古い時代から現代まで続く伝統文芸といえます。文語や旧仮名遣いがわからないと、古い時代の俳句を読むことがむずかしくなります。古いことばのもつリズムや、表記から感じられるニュアンスも大事にしたいものです。

国語辞書によっては、新仮名と旧仮名が併記されているものもあります。俳句をつくっていて自信がないときは、辞書を見てチェックしましょう。

[間違いやすい旧仮名遣い]

よく使われる旧仮名遣いで、表記を間違えやすいものを選びました。

誤		正
老ひる	→	老いる
鳴ひて	→	鳴いて
占いの	→	占ひの
暮れなずむ	→	暮れなづむ
消へて	→	消えて
映へる	→	映える
数えて	→	数へて
まず	→	まづ
さらわる	→	さらはる
閉じる	→	閉ぢる
聞こへて	→	聞こえて
やふな	→	やうな
ほほへむ	→	ほほゑむ
来ている	→	来てゐる
見ている	→	見てゐる
あじさい	→	あぢさゐ
そうめん	→	さうめん
揺れづ	→	揺れず
合ふて	→	合うて

[辞書での確認のしかた]

旧仮名遣いの表記で間違いやすいものに「え」「へ」「ゑ」の使い分けがあります。たとえば、「絶える」は旧仮名遣いでも「絶える」ですが、「堪える」は「堪へる」となります。この使い分けは、国語辞典や電子辞書などで確認することができます。辞書での確認のしかたを覚えておきましょう。

1　動詞の口語形を国語辞典で調べると、文語形と活用がわかります。

●国語辞典の表記例

口語形　口語の活用

たーえる【絶える】《自下一》文た・ゆ〈下二〉
続いているものが途中で切れること。とぎれる。①切れて続かない。②尽きる。ほろびる。

文語形（終止形）　文語の活用

国語辞典をひくと、文語の終止形とその活用が書かれています。「絶える」の場合は、文語の終止形が「た・ゆ」で、下部が「ゆ」なのでヤ行下二段活用になります。

●電子辞書の表記例

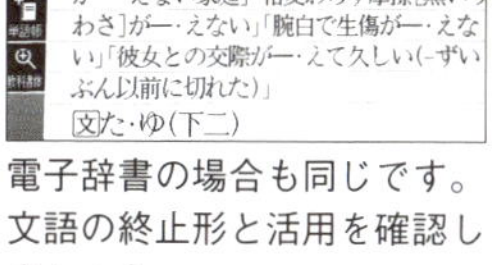

電子辞書の場合も同じです。文語の終止形と活用を確認しましょう。

2　文語の活用がわかると、旧仮名遣いの使い分けがわかります。

文語の終止形の下部で「ヤ行／ハ行／ワ行」の活用を判断し、それによって「え」「へ」「ゑ」の使い分けができます。

新仮名	旧仮名	文語の終止形	活用	
絶える	絶える	[絶・ゆ]	ヤ行下二段	やいゆえよ
耐える	耐へる	[耐・ふ]	ハ行下二段	はひふへほ
堪える	堪へる	[堪・ふ]	ハ行下二段	はひふへほ
植える	植ゑる	[植・う]	ワ行下二段	わゐうゑを
増える	増える	[増・ゆ]	ヤ行下二段	やいゆえよ
据（す）える	据ゑる	[据・う]	ワ行下二段	わゐうゑを

問

つぎの句を声に出して読み、読み方を新仮名遣いで空欄に書き込みましょう。漢字はそのままでかまいません。

1 紫陽花やきのふの誠けふの嘘

正岡子規（まさおかしき）

2 秋の雨しづかに午前をはりけり

日野草城（ひのそうじょう）

3 酒恋（こ）へば死に近づきさう桜鍋

山咲一星（やまさきいっせい）

4 先生の銭かぞへゐる霜夜（しもよ）かな

寺田寅彦（てらだとらひこ）

5 ひるがほに電流かよひゐはせぬか

三橋鷹女（みつはしたかじょ）

6 桃の実の真昼恥ぢらふ賑はひあり

中村苑子（なかむらそのこ）

解答と解説

1 紫陽花やきのうの誠きょうの嘘
2 秋の雨しずかに午前おわりけり
3 酒恋えば死に近づきそう桜鍋
4 先生の銭かぞえいる霜夜かな
5 ひるがおに電流かよいいはせぬか
6 桃の実の真昼恥じらう賑わいあり

それぞれの句は、つぎのことばが旧仮名遣いで表記されていました。

1 「きのふ」「けふ」
2 「しづか」「をはり」
3 「恋へば」「さう」
4 「かぞへゐる」
5 「ひるがほ」「かよひ」「ゐはせぬ」
6 「恥ぢらふ」「賑はひ」

今日の一句

歳時記の〈天文〉の項目から好きな季語を選んで句をつくってみましょう。空や雲の様子を表現した季語があります。旧仮名遣いでつくるときは、正しく使うよう注意しましょう。

今日の名句

稲妻のゆたかなる夜も寝べきころ　中村汀女

季語 稲妻　季節 秋

稲妻は夏の季語である雷とは違って雷鳴がなく、稲光を鑑賞し楽しむ趣向があるそうです。「寝べきころ」は、豊かに閃光を走らせる稲妻を楽しんでいたけれど、「そろそろ寝る時間になったな」という意味です。

今日の宿題

国語辞典や電子辞書で、俳句で用いたいことばの旧仮名遣いの表記を確認しましょう。名詞の場合は、単語それぞれに旧仮名遣いの記載がある国語辞典が便利です。動詞や形容動詞は、29ページのように文語の活用を調べると判断できます。調べたものはノートに書き出しておくと、覚えやすく、実際に使うときにもすぐに見返して確認することができます。

文語と旧仮名遣いは名句から学びましょう

文語も旧仮名遣いも、ふだんの生活では使う機会がありません。文語文法というと、参考書などを見なければと気張ってしまう人がいるかもしれませんね。

俳句をつくるのに大切なのは、季節を感じることです。最初のうちは、文法の正確さよりも日常のなかで季節を感じ、季語の意味を理解しながら句作することを楽しみましょう。

それと並行して、先人たちの句をたくさん読みましょう。文語、旧仮名遣いの句がたくさんあります。歳時記や句集を手に取ってみてください。たくさんの句に触れることで、ことばの使い方なども自然に身についてくるはずです。

ただし、有名な句でも実は文法的には不正解、というようなものがあります。名のある俳人でも間違いがあると思えば少し安心しませんか。

むずかしく考えずに、どんどん句作していきましょう。

第1週 7日目

俳句にはどんなことを詠むのですか？

俳句のかたちやルールがわかってくると、こんどは、どんなことを俳句にしたらいいのか悩んでしまう人もいるようです。

俳句は基本的に、**日常の身のまわりのことを詠めばよい**のです。俳句の題材だからといって、特別なできごとや美しいもの、立派なものを詠まなければいけないということはありません。テーマを決める必要もありません。**ふだんの生活で見聞きしたこと、動植物、天気、人や街の様子、行事や祭事など、なんでもよいのです。見たこと、感じたことを自由に表現しましょう。**

そして、**俳句には、新鮮な発見が必要**です。つくった句に**作者なりの驚きや発見が盛り込まれているかどうかが大事**なのです。とはいっても、奇抜さをねらうということではありません。誰もが、ふだん見て感じているはずでありながら、ことばでは表現されていなかったことに焦点を当てるということです。

たとえば、咲いている花ではなく散っていく花びらに目を向ける、大勢の人がいればひとりの人に注目する、正面から見ずに鏡に映ったものをのぞく、ものの形よりも重さを想像してみるなど、俳句をつくるときは、いつもと違った目線をもつことが大切といえるでしょう。

また、俳句では、季節の移り変わる瞬間を観察することも重要です。テレビの天気予報ではなく、日常の朝の空気、いつも通る道、スーパーに出まわる食材などから、自分自身で感じ取ることが大切です。

思ったこと、感じたことは口に出し、ノートに書きとめておくのもおすすめです。日ごろから、身のまわりのことを俳句にしてみようと考えるクセをつけておくと、ものの見方も変わってくるでしょう。

俳句は、たった十七音のつらなりですが、日常を綴っていくことで、その人の人生の記録になります。日記のようなものと思ってもよいでしょう。つくり続けることが大切なのです。

問 つぎの句は、日常の何気ない情景を詠んだものです。選択肢のなかから、残された文言とつながることばを考えて選び、空欄に書き込んでください。情景を想像しながら考えてみましょう。

1 中空にとどまる□も夕陽浴ぶ

2 松茸の□のつつつと動きけり

3 白靴の中なる□の文字が見ゆ

4 寝かへれば秋風の□吹きかはる

5 早春やすみれの□の砂糖菓子

6 つくづくと□も眺めて雛しまふ

7 □の子のなぞなぞあそびきりもなや

選択肢

音 咳 金 凧 椀 裏 色

解答と解説

1 中空にとどまる凧も夕陽浴ぶ　桂　信子

2 松茸の椀のつつつと動きけり　鈴木鷹夫

3 白靴の中なる金の文字が見ゆ　波多野爽波

4 寝かへれば秋風の音吹きかはる　石田波郷

5 早春やすみれの色の砂糖菓子　草間時彦

6 つくづくと裏も眺めて雛しまふ　能村登四郎

7 咳の子のなぞなぞあそびきりもなや　中村汀女

1は空に揚がった凧も夕陽を浴びています。2はお椀がテーブルをすべっている様子です。3は靴の中敷に書かれた文字が見えたという句です。4は寝返りをうったら風の音の聞こえ方が変わったという句です。5は早春に、すみれ色の砂糖菓子がぴったりです。6は「つくづく」眺めてしまうのがユニーク。7は子どもが咳をしながらも、なぞなぞがずっと続いているという句です。

問

つぎの句は、観察力が感じられる句です。残りの文言から情景を想像し、当てはまる語句をそれぞれⓐ〜ⓓのなかから選び、空欄にアルファベットを書きましょう。

1 一枚の［　］のごとくに雪残る
（ⓐ板　ⓑ紙　ⓒ餅　ⓓ皿）

2 薄氷（うすらい）の吹かれて［　］の重なれる
（ⓐ端　ⓑ溝　ⓒ冬　ⓓ色）

3 ［　］といふといへども紅ほのか
（ⓐ紅花　ⓑアカシア　ⓒ若緑　ⓓ白牡丹）

4 手をあげて足を［　］阿波踊り
（ⓐ曲げれば　ⓑはこべば　ⓒ見せれば　ⓓしまえば）

5 水鳥のしづかに己（おの）が［　］
（ⓐ羽根伸ばす　ⓑおじぎする　ⓒ身を流す　ⓓ餌さがし）

6 落（お）ちざまに水こぼしけり［　］
（ⓐ山桜　ⓑヒヤシンス　ⓒ一輪草　ⓓ花椿）

解答と解説

1 ⓒ 一枚の**餅**のごとくに雪残る　川端茅舎（かわばたぼうしゃ）
2 ⓐ 薄氷の吹かれて**端**の重なれる　深見（ふかみ）けん二（じ）
3 ⓓ **白牡丹**といふといへども紅ほのか　高浜虚子（たかはまきょし）
4 ⓑ 手をあげて足を**はこべば**阿波踊り　岸風三楼（きしふうさんろう）
5 ⓒ 水鳥のしづかに己が**身を流す**　柴田白葉女（しばたはくようじょ）
6 ⓓ 落ちざまに水こぼしけり**花椿**　松尾芭蕉（まつおばしょう）

1は解け残った雪がのし餅のようです。2は薄氷が風でかすかに流され、ほかの薄氷と重なったという句です。3は白牡丹の花弁にわずかな赤みを発見したことを詠んでいます。4は句の通りに体を動かせば、すぐにでも踊れそうです。5の「身を流す」は、水鳥が音もなくスーッと水面を移動する様子がうまく表現されています。6は「椿」の花が落ちたときに、なかにたまった水が出てきたことを詠んでいます。落ちる瞬間をよく観察しています。

今日の一句

歳時記の〈時候〉の項目から好きな季語を選び句をつくってみましょう。俳句に詠みたいものをよく観察し、自分なりの表現を探してみましょう。

今日の名句

春めきてものの果てなる空の色　飯田蛇笏（いいだだこつ）

季語 春めく　季節 春

「春めきて」は、まだ寒さも残っているけれど、少しずつ春らしい雰囲気が出てきた状態です。「果て」は物事が終わること、いちばん端という意味があります。春が近づいてきて、冬に感じていた空気や空模様が消え、空の色にも春が感じられます。

今日の宿題

日常を観察してメモをとりましょう。家族の行動、ペットのしぐさ、空の移り変わり、通勤電車のなか、街路樹の様子。目に見えるものだけでなく、味覚、聴覚、触覚などにも意識を向けください。こうしたメモが、句作のスタートにつながります。寝転ぶ、高い位置から見下ろす、横からのぞくなど、目線を変えると見え方も違ってきます。

ことばでスケッチする写生の句をつくりましょう

俳句をつくるための考え方のひとつに「写生（しゃせい）」というものがあります。写生とは、絵を描くときに使われることばで、見たものをありのままに写しとって描くことです。スケッチともいいますね。

俳句の写生は、簡単にいってしまうと、見たものをそのまま表現しようとする句作の方法です。

写生の句では、俳句に詠みたいと思う対象を見て句をつくりますが、対象をじっくり観察していると、いままで見えなかったものに気づくことがあります。そうした気づきを的確なことばであらわすのが写生です。

名句の多くも、優れた観察力の末に生み出されたことばがうまく使われています。イメージだけでつくるよりも説得力があります。初心者であれば、頭のなかだけで考えているよりも、対象を見つめ、その様子を表現するほうがつくりやすいのではないでしょうか。

俳句の成り立ち

俳句ということばは、明治時代に正岡子規によってつくられたことばです。それ以前には俳諧と呼ばれていました。

俳諧のルーツをたどると、平安時代に盛んにつくられた和歌に行きつきます。俳諧ということばがはじめて使われたのは古今和歌集といわれており、そこには58首の滑稽味のある和歌である、俳諧歌が収められています。それが中世を経て「俳諧之連歌」と呼ばれ、再びクローズアップされたのです。

連歌とは、まず「五・七・五」という長句を誰かがつくり、それに対してほかの人が「七・七」という短句をつけ足すという形でひとまとまりになる和歌です。長短の句を交互に連続させて重ねていくので連歌といいます。長句も短句もそれぞれに意味をもっており、さらにふたつでひとつのまとまったおもしろみも表現しなければなりません。この俳諧之連歌を基礎にして、俳諧の文芸が江戸時代から盛んになっていきます。

17世紀には俳諧師・松永貞徳が京都にあらわれます。彼によって俳諧はひとつの文芸のジャンルとして確立されました。貞徳の弟子たちのグループは「貞門（貞門俳諧）」と呼ばれ、全国で展開していきます。

しかし、これもやがてマンネリ化して飽きられたころ、大阪を中心に貞門に対抗する動きが出てきます。その中心にいたのが西山宗因で、生活感のある自由な俳諧を起こし、「談林俳諧」と呼ばれます。

これにも飽き足らない革新派のひとりが、松尾芭蕉でした。芭蕉は漢詩を取り入れたり、精神性や詩情も考えつつ、庶民感覚を取り入れました。俳諧はしだいに大衆化していきます。そのなかで抒情的な文芸を志向したのが与謝蕪村です。また、これまでの流れに学んだ小林一茶も独自の世界を詠みました。

やがて明治中期に入り、正岡子規が登場します。子規は、江戸時代以来の俳句を批判しつつ、俳諧を改革します。彼は連歌の最初の句である「五・七・五」の「発句」だけを取り出し、これを新たに「俳句」と名づけました。形式だけではなく、事物を客観的に写す「写生」という技法を提唱し（▼35ページ）、俳句を新しい詩の文学へと高めていきました。

第2週

俳句づくりのコツを学びましょう

俳句を理解するために必要となる「切れ」など特有の技法について学びます。
「五・七・五」の定型から外れた俳句についても知っておきましょう。
実践的に俳句づくりをスタートさせます。

第2週で学ぶこと

俳句づくりのコツを学びます

2週目は、いよいよ俳句づくりに取り組んでいきましょう。実際に俳句をつくるときには、どんなところに注意したらよいかを学びます。

まず1日目では、自分で俳句をつくったり、ほかの人の俳句を読んだりするときの要となる「切れ」を学びます。これを知っておくと、俳句の内容がより理解でき、俳句づくりの参考となる名句の鑑賞のコツがつかめてきます。

切れを生み出してくれる「切字」という俳句独特のことばも勉強します。

さらに、今週の学習のいちばんのポイントは、初心者でもつくりやすい俳句の形を知るということです。それを学んだうえで、実際に俳句をつくるドリル問題を解いていきましょう。

2週目の構成

1週目の【今日の一句】では、俳句をきちんと理解しないままつくっていた人も多かったのではないでしょうか。

この週では、1週目で学んだ有季定型のルールにのっとりながら、より俳句らしくなるポイントを学び、俳句として確実に認められるような作品をつくることを目指します。

後半では、さまざまな俳句の形を学びます。

俳句は「五・七・五」の定型が基本です。しかし実際には、音数の多い「字余り」や音数の少ない「字足らず」など定型から少し外れた形の句もたくさんあります。定型から外れていても、俳句らしいリズムを保つことで、俳句として成り立つのです。

俳句は、ことば選びとリズムを楽しむ文学ともいえます。「五・七・五」から外れたものにも俳句らしいリズムを感じ取ることができれば、ほかの人がつくった俳句もスムーズに読むことができます。さらに、自分でつくる俳句も表現の可能性が広がっていきます。いろいろな形の俳句に触れてみましょう。

切字の種類と使い分けを覚えるようにしましょう

この週に出てくる「切字」は、俳句らしさを表現してくれるものです。切字の種類を知り、それぞれがどういう効果をもち、どのように使い分けるのかをしっかり学んでおきましょう。

この週の【今日の一句】は俳句らしさを意識しましょう

この週で学ぶ句作のコツは、俳句づくりのひとつの例です。まずは、初心者にもつくりやすい形で、たくさんの俳句をつくりましょう。慣れてきたら、新しいスタイルにも挑戦できるようになるでしょう。

今週の目標

俳句らしさが出る句作のポイントを知りましょう。

定型以外でも俳句らしいリズムをつかめるようにしましょう。

第2週 1日目

俳句に欠かせない「切れ」を学びましょう

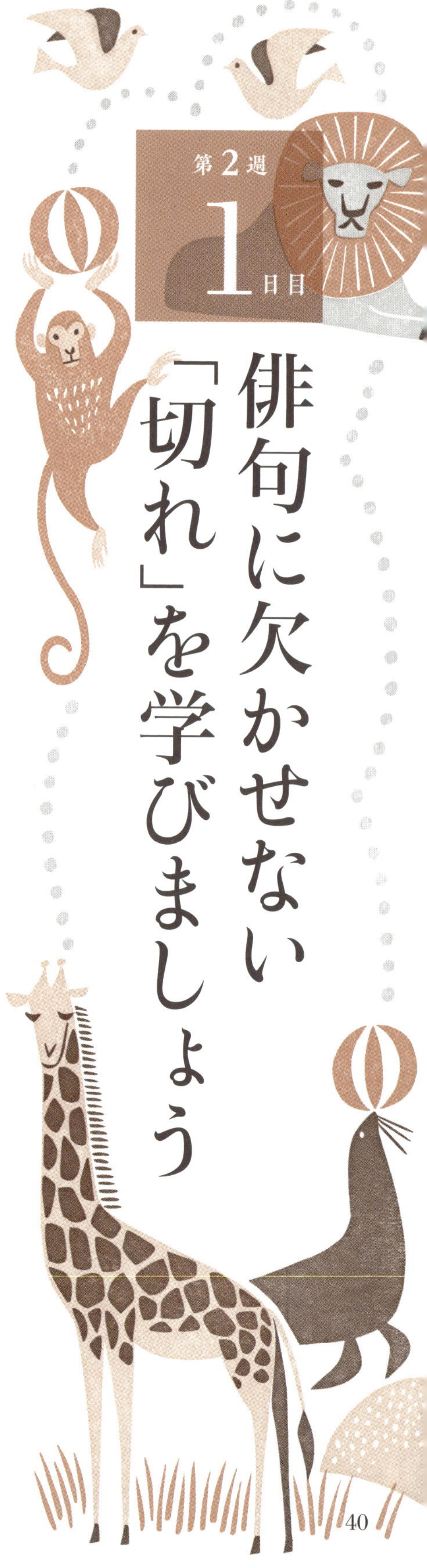

俳句をつくるうえで意識しておきたいものに、「切れ」があります。**切れとは、意味やしらべの切れ目になる個所で、通常の文章で表現すると句読点（、や。）をつける部分**といえます。句の途中に切れがある場合と、最後にある場合があります。

毎年よ彼岸の入りに寒いのは　正岡子規

この句では、「毎年よ」のあとに切れがあります。「毎年のことだ」と強くいい切り、ことばを強調しています。**切れが入ると、読み手はそこでひと呼吸おきます。**「毎年のことだ」といわれれば、「なにが毎年なんだろう?」と考えるでしょう。切れは、**読み手を句のなかに引き込み、考えさせ、ときには余韻をもたらします。つくり手にとっては、一句のなかでフォーカスしたいところを明らかにできます。**

切れを取り入れる方法はいろいろありますが、初心者でもつくりやすいのは「切字」です。切字は、「や」「けり」「かな」といったもので、「秋風や〜」や「〜なかりけり」などと使われているのを見たことがあると思います。切字についてはあとでくわしく学びます（▼44ページ）。

ほかにわかりやすいのは、**上五・中七・下五のいずれかを名詞（体言）で終わらせる「体言止め」の形**です。また、**動詞、形容詞、形容動詞、助動詞を終止形にした場合や、命令形の表現**でも切れが出ます。

街の雨鶯餅がもう出たか
何もかも知つてをるなり竈猫　富安風生

最初の句は上五の体言止めです。ふたつめの句は「なり」が、助動詞の終止形です。「なにもかも知っているぞ」と断定した意味をもっています。「竈猫」は火を消したあとのかまどで暖をとる猫のこと。素知らぬ顔の猫はなんでもお見通しということです。

問

つぎの句を声に出して読み、「切れ」を探してみましょう。「切れ」のあとに斜線を入れてください。

1 初蝶(はつちょう)来(く)何色と問ふ黄と答ふ　高浜虚子(たかはまきょし)

2 白菊のしづくつめたし花鋏(はなばさみ)　飯田蛇笏(いいだだこつ)

3 行く秋の抱けば身に添ふ膝頭　炭(たん) 太祇(たいぎ)

4 ゆるやかに着てひとと逢(あ)ふ蛍の夜　桂(かつら) 信子(のぶこ)

5 ここらにも人住みけるよ冬の山　正岡子規(まさおかしき)

6 初鏡娘のあとに妻坐る　日野草城(ひのそうじょう)

7 秋空を二つに断てり椎大樹(しいたいじゅ)　高浜虚子(たかはまきょし)

8 火の奥に牡丹(ぼたん)崩るるさまを見つ　加藤楸邨(かとうしゅうそん)

解答と解説

1 初蝶来／　2 つめたし／
3 膝頭／　4 ひとと逢ふ／
5 住みけるよ／　6 初鏡／
7 断てり／　8 見つ／

1の「来」は「来た」の終止形です。今年はじめて飛んできた蝶を見て、色を尋ねています。

2の「つめたし」は「冷たい」という意味の形容詞の終止形です。

3は「膝頭」が体言止めです。秋から冬に変わるころ、膝を抱えて座っている様子を詠んでいます。

4の「逢ふ」は動詞「逢ふ」の終止形です。

5は、山奥までやってきたのでしょう。誰もいないだろうと思っていたところに民家が見えた際の驚きを詠んでいます。「よ」は感情を強調する助詞です。

6の「初鏡」が体言止めです。

7の「断てり」は、「断つ」の已然形「断て」に助動詞の終止形「り」がついたものです。

8の「見つ」は「見た」という意味で、助動詞「つ」の終止形です。

問

つぎの句の「切れ」を見つけ、切れのあとに斜線を入れましょう。さらに、その切れはどのような形か、体言止め、終止形、命令形のなかから選び、○をつけてください。

1 敗戦日父の昭和を今更に　山崎千枝子（やまざきちえこ）

［体言止め・終止形・命令形］

2 有る程の菊抛（な）げ入れよ棺（かん）の中　夏目漱石（なつめそうせき）

［体言止め・終止形・命令形］

3 魚籠（びく）の中しづかになりぬ月見草　今井聖（いまいせい）

［体言止め・終止形・命令形］

4 夏羽織われをはなれて飛ばんとす　正岡子規（まさおかしき）

［体言止め・終止形・命令形］

5 手がありて鉄棒つかむ原爆忌　奥坂まや（おくざか）

［体言止め・終止形・命令形］

6 外（と）にも出よ触るるばかりに春の月　中村汀女（なかむらていじょ）

［体言止め・終止形・命令形］

解答と解説

1 敗戦日／ 体言止め
2 菊抛げ入れよ／ 命令形
3 しづかになりぬ／ 終止形
4 夏羽織／ 体言止め
5 鉄棒つかむ／ 終止形
6 外にも出よ／ 命令形

1は「敗戦日」という切れで、八月十五日であるという状況を示しています。その日に昭和世代である父を回想しているという句です。2は「抛げ入れよ」と強くいい切っています。3の「なりぬ」は、動詞「なる」の連用形に完了の助動詞「ぬ」の終止形です。「魚籠」は釣った魚を入れるカゴです。魚籠のなかの魚が静かになったと詠んでいます。4は、夏羽織が強い風にあおられている様子を詠んだ句です。「飛ばんとす」は、いま飛ぼうとしているという意味です。5は終止形の「つかむ」という強い切れで、「原爆忌」という季語を強調しています。6の「出よ」は「出る」の命令形です。外に出てみなさい、触れそうなくらい大きな春の月だよと詠んでいます。

今日の一句

切れを意識して俳句をつくってみましょう。下五が名詞で終わる体言止めはわかりやすい切れですので、最初にそのことばを決めてしまうのも方法のひとつです。

今日の名句

いきいきと三月生る雲の奥

飯田龍太

季語　三月　季節　春

雲の奥とはどこでしょう。具体的にはわかりませんが、雲の向こう側に三月の春の気配を感じたことを詠んでいます。「いきいきと」という表現が、春の芽吹きのイメージに合致し、生命力のある清々しい印象の句です。「三月生る」という表現もユニークです。

俳句はなぜ切れが必要なのでしょうか？

俳句は、江戸時代の俳諧連歌から派生したものです。俳諧連歌は、複数の人が「五・七・五」の長句と、「七・七」の短句を付け合いながら詠むもので、交互に詠んだ百句をひと作品とする「百韻」や、三十六句をひと作品とする「歌仙」などが有名です。連歌の最初の一句を「発句」といい、これが俳句の原型です。

発句には、季語を入れ、その一句だけで意味が独立するよう詠む決まりがありました。意味が独立するということは、切れをおいて文を完結させるということになります。

俳句ということばは、明治時代に正岡子規がつくったものです。江戸時代に活躍した松尾芭蕉や小林一茶といった俳人たちは、当時は俳諧師と呼ばれていました。現代でも親しまれている彼らの句は、俳諧連歌の発句を詠んだものです。発句に必要だった切れが、現代の俳句にも受け継がれているということです。

第2週 2日目

俳句らしさが出る「切字」を知りましょう

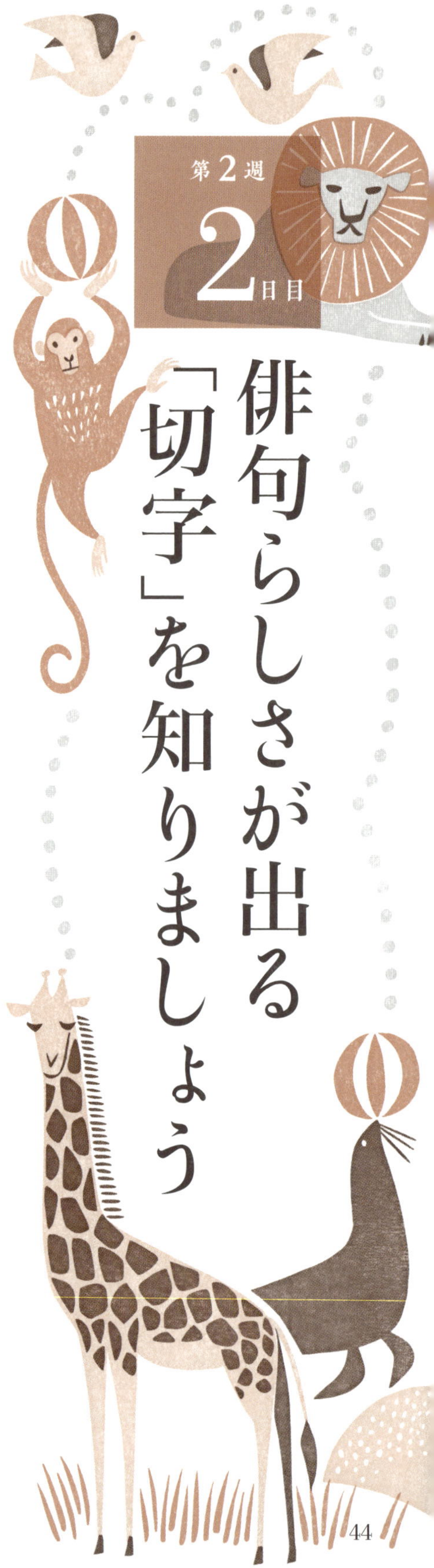

俳句には「切れ」が大切ですが、その切れを初心者でもわかりやすくあらわせるのが、「切字（きれじ）」です。**代表的な切字には、「や」「かな」「けり」があり、強調したり、「〜だなあ」とか「〜したなあ」などのような詠嘆の気持ちをあらわす役割**があります。

具体的な例をみてみましょう。つぎの三句は、小林一茶の有名な句です。

1　春風や牛に引かれて善光寺

2　名月をとつてくれろと泣く子かな

3　涼風の曲がりくねつて来たりけり

切字は、上五・中七・下五のいずれかの最後につけます。一般的には、**「や」は上五か中七に、「かな」は下五に、「けり」は中七か下五につけます。**

1の「春風や」は「や」があることで春風を強調し、「春風が吹いているなあ」と読み手にひと呼吸の間をつくってくれます。

2の「泣く子かな」は「泣いている子だなあ」としみじみとした余韻（よいん）を感じさせてくれます。

最後**3**の「来たりけり」は涼風がふいている様子を、「曲がりくねりながらやっときたな」と、涼しい風が自分のところへ届いた感動をより強めて表現しています。

切字が入るだけでぐっと俳句らしさが増しますね。切字が入れば、句は簡潔になりながらも、余韻を残し、読む人の想像力に訴えます。また、全体のリズムを整えたり、ことばを強調することができ、句を引き締めるはたらきもあります。

切字を使うときに注意することは、**ひとつの句に切字はひとつ**しか使えないということです。このルールには例外もあるのですが、初心者のうちはとにかく一句にひとつとしましょう。

実は、句の切れを考えるのは上級者にもむずかしいことです。ですから、最初のうちは切字を使うことで切れを意識していくとよいでしょう。

問

つぎの句で、切字が使われている語句に線を引き、その部分の意味を空欄に書いてみましょう。

1 豊年や切手をのせて舌甘し　秋元不死男

意味

2 鯛の骨たたみにひらふ夜寒かな　室生犀星

意味

3 たましひのたとへば秋のほたるかな　飯田蛇笏

意味

4 咲き満ちてこぼるる花もなかりけり　高浜虚子

意味

解答と解説

1 豊年や「豊年だなあ」
2 夜寒かな「夜寒だなあ」
3 ほたるかな「ほたるだなあ」
4 なかりけり「ないことだなあ」

1の「豊年」は稲の豊作の年です。「今年は豊作だなぁ。切手をなめたら甘かったよ」という意味。豊作と切手に因果関係はありませんが、米の甘さと舌で感じた切手の甘さが、ほのかに響き合っています。2の「夜寒」は晩秋の夜の寒さをあらわす季語で、「畳に落ちた鯛の骨を拾っている秋の寒い夜だなあ」という意味。とがった骨と冷えた空気があいまって、ピリッとした印象が伝わってきます。3は「魂とは、たとえるなら秋のほたるのようなものだなあ」という意味です。作家・芥川龍之介の死を悼んでつくられたものです。ほたる自体は夏の季語ですが、「秋のほたる」としたところに、魂のはかなさがより強く感じられます。4は「桜がいままさに満開で、一片も散る花がない」という意味です。「けり」にはりつめた美しさが出ています。

問

つぎの句にはすべて切字が使われています。上下をつなげ句を完成させてください。それぞれの語句のイメージをふくらませながら考えてみましょう。

1 初空(はつぞら)や ・　　・ ⓐ さながら動く水の色

2 白魚や ・　　・ ⓑ 一片の雲耀(かがや)きて

3 根(こん)のもの ・　　・ ⓒ ぬぐ手ながむる逢瀬かな

4 けふの月 ・　　・ ⓓ 二手になりて上りけり

5 若鮎の ・　　・ ⓔ 厚く切つたる雑煮かな

6 手袋を ・　　・ ⓕ 花の匂ひの葛湯かな

7 うすめても ・　　・ ⓖ 馬も夜道を好みけり

解答と解説

1—ⓑ　2—ⓐ　3—ⓔ
4—ⓖ　5—ⓓ　6—ⓒ
7—ⓕ

1　初空や一片の雲耀きて　日野草城(ひのそうじょう)
「初空」は新年の季語。輝く雲に新年のめでたさが感じられます。

2　白魚やさながら動く水の色　小西来山(こにしらいざん)
半透明の白魚が泳ぐ様子は、水が動いているように見えたのでしょう。

3　根のもの厚く切つたる雑煮かな　大石悦子(おおいしえつこ)
「根のもの」は根菜類のことです。

4　けふの月馬も夜道を好みけり　村上鬼城(むらかみきじょう)
「けふの月」は名月のことです。

5　若鮎の二手になりて上りけり　正岡子規(まさおかしき)
「若鮎」は春の季語です。

6　手袋をぬぐ手ながむる逢瀬かな　日野草城(ひのそうじょう)

7　うすめても花の匂ひの葛湯かな　渡邊水巴(わたなべすいは)
「葛湯」は冬の季語です。

今日の一句

切字を入れて俳句をつくってみましょう。「や」にする場合は上五か中七の最後に、「かな」「けり」は下五の最後につくようにことばのリズムを考えてみましょう。

今日の名句

言ひつのる唇（くち）うつくしや春の宵（よい）

日野草城（ひのそうじょう）

季語 春の宵　季節 春

作者に対して勢いよくことばを発しているのは女性のようです。最初はそのことばをしぶしぶと聞いていたのでしょうが、いつの間にか話の内容よりも彼女のくちびるの美しさに目を奪われてしまったようです。春の宵がなんとも艶やかですね。

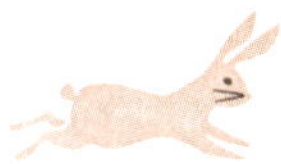

「や」「かな」「けり」以外にも切字はあります

江戸時代には、切字は十八あったといわれます。「かな、もかな（もがな）、か、よ、そ（ぞ）、や、けり、らむ（ん）、す（ず）、つ、ぬ、じ、し、せ、れ、へ、け、に」です。このうち、現代でも切字と認識されているのが「かな、や、けり」です。

芭蕉は「切字に用ひるときは四十八字みな切字なり。用ひざるときは一字も切字なし」といっています。「切字として使うならどの字もすべて切字といえる。そうでなければ切字ではない」というような意味です。

山鳩よみればまはりに雪がふる　高屋窓秋（たかやそうしゅう）

この句は「山鳩よ」の「よ」が切字です。「山鳩や」とせずに、呼びかけの「よ」にすることで、作者と山鳩の関係が近くに感じられます。俳句への理解が深まれば、切字の用い方にも広がりが出てくるでしょう。

第2週 3日目

「や」「かな」「けり」を使い分けましょう

俳句の切字には、「や」「かな」「けり」がありますが、**切字ならどう使ってもよいというわけではありません。それぞれに役割があり、ことばをどう表現したいかによって、使い分ける必要があります。**また、ほかの人の俳句を読むときにも、切字の意味をくみ取ることが大事です。それぞれの使い方や役割を学んでいきましょう。

初雪や水仙の葉のたわむまで　松尾芭蕉（まつおばしょう）

まず、**たった一文字で俳句らしさを感じさせる切字が「や」です。「四音＋や」の形で、ことばを強調して詠嘆や呼びかけの役割があります。上五に置かれるのが一般的ですが、中七に置くこともあります。**読み手は、「や」でいったん休止し、全体のイメージを浮かび上がらせ、中七・下五の期待感をつのらせます。

囀（さえずり）をこぼさじと抱く大樹かな　星野立子（ほしのたつこ）

切字「かな」は、「〜だなあ」と余韻（よいん）を残したり、「〜であることよ」と感動・詠嘆をあらわしたりします。下五に使うことがほとんどです。慣れるまでは名詞のあとに「〜かな」とつけると使いやすいでしょう。

くろがねの秋の風鈴鳴りにけり　飯田蛇笏（いいだだこつ）

最後の切字**「けり」は、「〜した」と断言した意味で使われ、瞬間の感動や詠嘆をあらわします。**「や」や「かな」よりも強いいい切りで、物事の決着をつけるという意味の「けりをつける」という表現に通じています。下五に置くことが多いですが、中七で使われている句もあります。

下五の「かな」「けり」は、どちらも句を完結させる役割があります。どちらを選ぶかによって、句の印象が変わります。内容や伝えたいことに合わせて使い分けるようにしましょう。

問

つぎの句の空欄に「や」「かな」「けり」いずれかの切字を入れてください。声に出して俳句のリズム、音数などを意識しながら考えてみましょう。

1 背もたれの軋（きし）むベンチ［　　］花曇（はなぐもり）

2 鯉のぼり目玉大きく吹かれ［　　］

3 春めく［　　］画廊に掛かるマチスの絵

4 ローマへと地図を辿（たど）れる夜長（よなが）［　　］

5 白玉の玉の不揃ひ掬（すく）ひ［　　］

6 水の輪の寄せる岸辺［　　］木（こ）の芽風（めかぜ）

解答と解説

1 背もたれの軋むベンチ**や**花曇
2 鯉のぼり目玉大きく吹かれ**けり**
3 春めく**や**画廊に掛かるマチスの絵
4 ローマへと地図を辿れる夜長**かな**
5 白玉の玉の不揃ひ掬ひ**けり**
6 水の輪の寄せる岸辺**や**木の芽風

※引用句はすべて日下野由季の句です。

1は「や」で「軋むベンチ」を強調しています。「花曇」は春の季語で、桜が咲くころのくもり空のことです。2は、大きな目玉をした鯉のぼりが風に吹かれているのだと詠んでいます。3は「春めく」という季語に「や」をつけ、春らしくなったなあと詠嘆しています。4は「夜長」が秋の季語です。秋の夜長に、地図の上でローマへと旅をしているのですね。5は「掬ひけり」と強調することで、白玉の不揃いがありありと見えてきます。6の「木の芽」は春の芽吹きです。波紋の広がる岸辺に木の芽を渡る風が吹いてくる情景です。

問

つぎの空欄に、切字の「や」「かな」「けり」のいずれかを書き込んでください。声に出して読み、俳句のリズムと語句のつながりを意識しながら考えてみましょう。

1　さまざまの事おもひ出す桜［　　］

2　新涼（しんりょう）［　　］尾にも塩ふる焼肴（やきざかな）

3　筍（たけのこ）の光放つてむかれ［　　］

4　心よき青葉の風［　　］旅姿

5　貧乏に匂ひあり［　　］立葵（たちあおい）

6　子に破魔矢（はまや）持たせて抱（いだ）きあげに［　　］

7　夏料理しづかに使ふフォーク［　　］

8　山国（やまぐに）の蝶を荒しと思はず［　　］

解答と解説

1　さまざまの事おもひ出す桜**かな**　松尾芭蕉（まつおばしょう）

2　新涼**や**尾にも塩ふる焼肴　鈴木真砂女（すずきまさじょ）

3　筍の光放つてむかれ**けり**　渡邊水巴（わたなべすいは）

4　心よき青葉の風**や**旅姿　正岡子規（まさおかしき）

5　貧乏に匂ひあり**けり**立葵　小澤實（おざわみのる）

6　子に破魔矢持たせて抱きあげに**けり**　星野立子（ほしのたつこ）

7　夏料理しづかに使ふフォーク**かな**　渡辺純枝（わたなべすみえ）

8　山国の蝶を荒しと思はず**や**　高浜虚子（たかはまきょし）

9　恋猫の声のまじれる夜風**かな**　長谷川櫂（はせがわかい）

10　時雨傘開きたしかめ貸しに**けり**　松本（まつもと）たかし

1は芭蕉が奥の細道に旅立つ前に、故郷の伊賀上野に帰省して詠んだ句です。いろいろなことが思い出されるなあ、と桜を見上げながらしみじみとしています。2の「新涼」は初

9 恋猫の声のまじれる夜風

10 時雨傘開きたしかめ貸しに

今日の一句

家族のことを観察し、「や」「かな」「けり」の切字を入れて俳句をつくってみましょう。家族の日常や、家族との思い出などを詠むとよいでしょう。

今日の名句

万緑の中や吾子の歯生え初むる　中村草田男

季語 万緑　**季節** 夏

「万緑」はあたり一面が草や木の濃い緑でおおわれた状態です。その万緑の時期に自分の子（吾子）の歯が生え始めたという句です。万緑の「緑」と吾子の歯の「白」が印象的です。また、歯が生え始めたばかりの赤ちゃんと万緑の組み合わせに生命力を感じます。

秋に感じる涼しさのこと。秋の涼しさが出てきたなあと季節を強調しています。3の「筍」は夏の季語。黒い皮をむくと白い身が輝くようにあらわれたのでしょう。光を放ちながら皮をむかれたと詠んでいます。4の「青葉」は夏の季語。心地よい青葉をぬける風だなあと詠嘆しています。5の「立葵」は夏の季語。つつましい暮らしの匂いを捉えて趣があります。6の「破魔矢」は新年の季語。7は「夏料理」が夏の季語です。フォークを使っているので洋食でしょうか。静かな食事の風景が浮かんできます。8は荒々しい山国では蝶も野性的だと詠んでいます。「思はず」は「思ふ」の未然形「思は」に打消の「ず」がついた形で、「思わない」と否定しています。「や」をつけ「そう思わないか」と読み手に問いかけつつ、「私はそう思う」という強い意志を含ませています。下五に「や」のくるめずらしい形です。9の「恋猫」はさかりのついた猫で春の季語です。10は「時雨傘」が冬の季語。傘に破損がないか確認してから貸したと詠んでいます。

第2週 4日目

初心者にもつくりやすい形を練習しましょう

俳句は有季定型に沿ってつくりますが、**初心者でもつくりやすい形**を覚えておくと便利です。**上五が「〜や」になる形**で、上五に四音のことばを選び、切字の「や」をつけたものです。四音の季語を選ぶとつくりやすいでしょう。

この「〜や」の形にはふたつのパターンがありますのでみていきましょう。

紅梅や枝々は空奪ひあひ　鷹羽狩行（たかはしゅぎょう）

最初に「紅梅や」と紅梅だけをアップで見せ、そのあと遠景として枝々が空を奪い合っている様子を見せています。景色を二段構えで描写する方法です。空を奪い合っている枝々は紅梅の枝ですから、中七以降の語句は「紅梅」を描写したものだとわかると思います。

切字の「や」は「の」と置きかえることもできますが、「や」のほうが、対象をより強調したり、焦点を絞ったりする効果があります。

では、つぎの句はどうでしょうか。

秋たつや川瀬にまじる風の音　飯田蛇笏（いいだだこつ）

この句では、「秋になった」という意味の**「秋たつ」という季語に「や」をつけて「秋になったなあ」と強調**しています。作者は、**「秋たつや」で読み手に秋の気配を感じ取ってもらい、そのあと川のせせらぎや風の音が聞こえている情景を**詠んでいます。

では、「秋たつ」と川や風の音はどんな関係でしょうか。秋が強調されたため、読み手は、川や風にも秋の気配を想像するでしょう。ですが実際には、川や風の音は秋でなくても聞こえます。「川瀬にまじる風の音」は「秋たつ」を描写したものではないため、中七以降は「秋たつ」とは切り離された関係だとわかると思います。

上五が「季語＋や」の形は、そのあとを季語の描写にするか、季語とは切り離すか、そういったことも意識してつくってみるとよいでしょう。

問

つぎの上五に続けて俳句をつくってください。上五に使っている季語のイメージをふくらませて、季語の描写にするか、切り離すか、自由につくってみましょう。

1 菜の花や

2 夕立や

3 初雪や

解答と解説

つくった句を声に出して読み、つぎの点を確認してみてください。

1 五・七・五の定型か。

2 俳句らしいリズムか。

ひとまず、有季定型で、俳句らしいリズムになっていればよいでしょう。上五が「〜や」という形になっているので、切れも入れられていますね。

今日の一句

上五が「季語＋や」の形になる俳句をつくってみましょう。いまの季節にあう季語を選びましょう。

今日の名句

秋雨（あきさめ）や夕餉（ゆうげ）の箸（はし）の手くらがり　永井荷風（ながいかふう）

季語 秋雨　季節 秋

秋の雨は寒さをともない、どこか寂しいイメージ。「手くらがり」は、手が陰になって手元が暗くなっている状態で、作者の孤独な夕食の様子が想像できます。

上五が「〜や」のときの下五の形とは

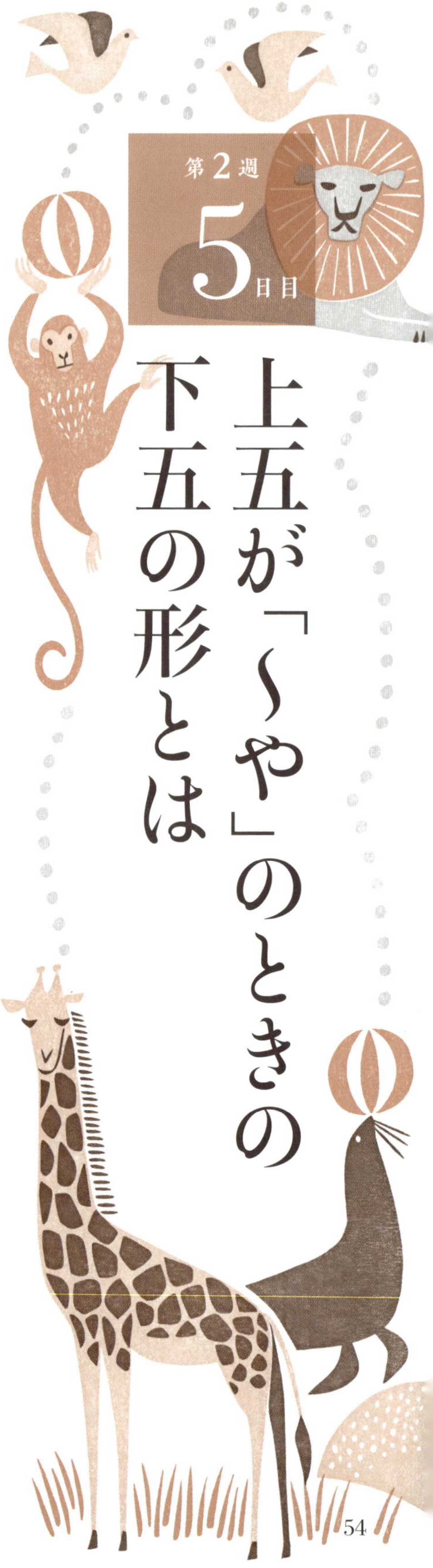

上五が「〜や」の形は初心者にもつくりいやすい形ですが、そのときに注意しなければいけないことがあります。つぎの句をみてみましょう。

五月雨や傘それぞれに差しにけり

上五に切字の「や」を使い、下五にも切字の「けり」を使っています。実は、これは避けるべき俳句です。

基本として、**切字は一句にひとつだけ使うのがルール**といえます。名句といわれるものには、切字がふたつ入っている句もありますが、初心者のうちは、「切字は一句にひとつ」を守ってつくるほうがよいでしょう。

では、つぎの句はどうでしょうか。

秋風や追はれるように家路行く

下五が「行く」という動詞で、いい切りの形である終止形になっています。終止形は「切れ」を出す形でもあるので、切字の「や」と一緒に使うと、一句に「切れ」がふたつ入ることになります。特別な意図がないのであれば、**上五で切字を使っている場合は、下五の動詞は連用形にしてみましょう。**

秋風や追はれるように家路行き

下五を連用形にすると、原句とは違う余韻が出てきます。

文法のむずかしさも少なく初心者にもつくりやすいのは、下五を名詞で止める形です。安定感があり、句が引き締まります。

大船や帆綱にからむ冬の月　高浜虚子（たかはまきょし）

熱燗（あつかん）や食ひちぎりたる章魚（たこ）の足　鈴木真砂女（すずきまさじょ）

「や」は全体のリズムを整えるのに便利で使いやすい切字です。ただ、下五に使うと大げさな印象を与えますので、まずは上五に使う形で慣れましょう。

問

切字を意識しながら句の上下をつなげ、俳句を完成させてください。上五のことばがもつ意味やイメージをしっかりと捉え、考えてみましょう。

1 春雨や　・　・ⓐ 主客五人に違う皿
2 暗黒や　・　・ⓑ 関東平野に火事一つ
3 買初や　・　・ⓒ 奈良の都の青簾
4 古家や　・　・ⓓ ものがたりゆく蓑と傘
5 寒月や　・　・ⓔ 母に佳き椅子贈らんと
6 鮓切るや　・　・ⓕ 小学校の昼餉時
7 菜の花や　・　・ⓖ 猫の夜会の港町

解答と解説

1—ⓓ　2—ⓑ　3—ⓔ
4—ⓒ　5—ⓖ　6—ⓐ
7—ⓕ

1　春雨やものがたりゆく蓑と傘　与謝蕪村
「蓑と傘」はそれを身につけた人をあらわしています。

2　暗黒や関東平野に火事一つ　金子兜太

3　買初や母に佳き椅子贈らんと　轡田 進
「買初」は新年初めての買い物です。

4　古家や奈良の都の青簾　正岡子規
「青簾」は新しい簾のこと。古い家でも簾は新調しているという句です。

5　寒月や猫の夜会の港町　大屋達治

6　鮓切るや主客五人に違う皿　前田普羅
「鮓」は夏の季語です。

7　菜の花や小学校の昼餉時　正岡子規
「菜の花」のイメージが小学生と重なります。

問

つぎの句の意味を想像しながら、空欄に入る文字を選択肢のなかから選び、書き込みましょう。

1　春風□闘志いだきて丘に立つ

2　白萩□しきりに露をこぼしけり

3　にんげん□浮き足立てる海月(くらげ)かな

4　大空□春の月あり樹々の影

5　かなかな□止めば切株だらけの山

6　街道□キチキチとぶばったかな

7　冬蝶(ふゆちょう)□草木もいそぎ始めたり

8　筑紫野□はこべ花咲く睦月(むつき)かな

9　逢ひたさのつのれ□ものを喰うて春

解答と解説

1　春風**や**闘志いだきて丘に立つ　高浜虚子(たかはまきょし)

2　白萩**の**しきりに露をこぼしけり　正岡子規(まさおかしき)

3　にんげん**も**浮き足立てる海月かな　吉井幸子(よしいさちこ)

4　大空**に**春の月あり樹々の影　前田普羅(まえだふら)

5　かなかな**が**止めば切株だらけの山　今井　聖(いまいせい)

6　街道**を**キチキチとぶばったかな　村上鬼城(むらかみきじょう)

7　冬蝶**よ**草木もいそぎ始めたり　柿本多映(かきもとたえ)

8　筑紫野**は**はこべ花咲く睦月かな　杉田久女(すぎたひさじょ)

9　逢ひたさのつのれ**ば**ものを喰うて春　大木(おおき)あまり

10　木漏れ日**へ**開かれてゐる夏館(なつやかた)　天野小石(あまのこいし)

1は切字の「や」です。

2の「白萩の」は、口語なら「白萩が」と主語になります。

3は似ているものを並列するときの

10

木漏れ日（こもれび）□開かれてゐる夏館（なつやかた）

選択肢

が　ば　に　の　は　へ　も　や　よ　を

今日の一句

上五の「〜や」の形で地名を入れて俳句をつくってみましょう。場所のイメージをかき立てやすいので、「上五のや」の形で地名を入れることもよくあります。

今日の名句

下京（しもぎょう）や雪つむ上の夜の雨　野沢凡兆（のざわぼんちょう）

季語　雪　**季節**　冬

下京は京都・二条通りに面した街で、御所のある上京（かみぎょう）に対し、商人や職人が住む庶民の街でした。「下京の街よ。雪が積もっている上に雨が静かに降っている夜だな」と詠んでいます。この句はもともと上五がなかったのですが、芭蕉が「下京や」と提案し決めたそうです。

「も」です。

4の「大空に」の「に」は、ものや人の場所をあらわします。

5は主語をあらわす「が」です。「かなかな」は秋の虫、ひぐらしのことです。

6は人通りの少ない街道をバッタが鳴きながら飛んでいるという句です。

7の「冬蝶よ」は冬蝶を強調した「よ」です。

8の「筑紫野」は作者が住んでいた福岡県のことです。「睦月」は一月。「筑紫野は」は主語の「は」です。はこべの花が咲いているのを見て一月だなあと詠嘆している句です。

9は接続助詞の「ば」です。逢いたいという気持ちが大きくなり、どことなく焦るような不安な気持ちでいるのも、なにか食べることで少し落ち着いてくるのかもしれません。

10は「夏館」が季語で、すだれなどの夏らしいものを配した家のことです。木漏れ日を迎え入れるように、木漏れ日へ向かってドアや窓などが開いている様子を詠んでいます。

第2週 6日目

定型ではない「字余り」と「字足らず」

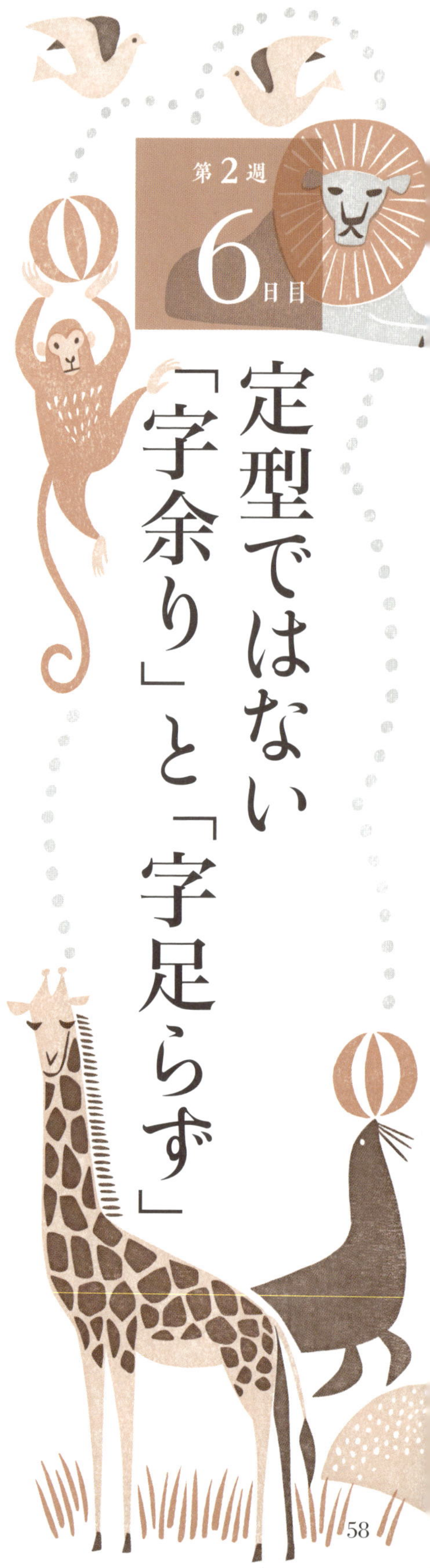

俳句の定型は「五・七・五」の十七音ですが、しかし実際には、その定型のなかに収まりきれない俳句もたくさんあります。

ひとり膝を抱けば秋風また秋風　山口誓子

この句は、「六・七・六」で十九音です。この句のように**全体の音数が十七音よりも多くなるものを「字余り」**といいます。

上五は「ひとり膝」と五音にすることもできそうですが、あえて六音にしていることで、ことばが少し揺らぐ感覚があります。その揺らぎが秋風とリンクするおもしろさもあります。声に出して読むと、字余りの違和感はさほどないように感じると思います。

字余りの許容範囲は、「何音まで」というより、俳句らしいリズムがあるかどうかです。リズムを感じるには声に出して読んでみることが大切です。「五・七・五」を意識しつつ、ことばをリズムに乗せてみるのです。

字余りの句は、字余りにしたことばが強調されます。意識的に字余りにするならよいのですが、単にことばがあふれた結果ではよくありません。どうしても字余りになってしまう場合には、上五を字余りにすると中七や下五での字余りに比べ、違和感が少なくすみます。また、ことばを入れかえると定型に収まることもあります。

では、つぎの句はどうでしょうか。

兎も片耳垂るる大暑かな　芥川龍之介

上五の「兎も」が四音で、全体では十六音です。このような**十七音よりも音数が少ない句を「字足らず」**といいます。字足らずで句を成功させるのは、字余りの場合よりもむずかしいため例句もそれほどありません。字足らずの句は、読んだときに不安定な感じがします。できるだけことばを補い、字足らずにならないよう工夫しましょう。

問

つぎの句であきらかに字余り、字足らずの句を選び、それぞれ空欄に番号を書き、該当する部分に傍線を引いてください。声に出して読みながら確認しましょう。

1 煮大根（にだいこ）を煮かへす孤独地獄なれ　久保田万太郎（くぼたまんたろう）

2 腕時計の手が垂れてをりハンモック　波多野爽波（はたのそうは）

3 初夏の山立ちめぐり四方（よも）に風の音　水原秋櫻子（みずはらしゅうおうし）

4 病床にゐてもうすうす日焼の肩　加藤楸邨（かとうしゅうそん）

5 畑（はた）打つて酔へるがごとき疲れかな　竹下しづの女（たけしたしづのじょ）

6 夕焼（ゆやけ）くるかの雲のもとひと待たむ　橋本多佳子（はしもとたかこ）

7 滝の上に水現（あらわ）れて落ちにけり　後藤夜半（ごとうやはん）

8 あめんぼと雨とあめんぼと雨と　藤田湘子（ふじたしょうし）

字余り

字足らず

解答と解説

［字余り］　2／腕時計の　3／立ちめぐり四方に　4／日焼の肩　7／滝の上に
［字足らず］　8／と雨と

1の「大根」は俳句では「だいこ」と読むことができます。

2は、腕時計をはめた腕がハンモックから垂れいると詠んでいます。字余りで、ハンモックからはみだしている腕を強調しているようです。

3は、山を歩いていたら、四方から風が吹いてきたという句です。

4は「日焼けの肩」で、日焼けした部分を強調しています。

5の「畑」は「はた」と読むと音数が整います。

6の「夕焼」は「ゆやけ」と読むことができます。夕焼に染まる雲の下で人を待とうと詠んでいます。

7は、止まることなく流れ落ち続ける滝の姿を詠んでいます。

8は十六音の句ですが、「あめんぼ」と「雨」のくり返しでリズムをとっています。

問

つぎの句は、字余り、または字足らずの句です。傍線部の語句を言いかえて、俳句らしいリズムのある句にしてください。

1 チューリップ一輪飾りし香る部屋

言いかえ

2 梅雨寒や看護師寝ずに見回りをり

言いかえ

3 クリスマス妻淹(い)れる珈琲飲む

言いかえ

4 新米の一粒づつ立つ甘き香り

言いかえ

解答と解説

解答に決まりはありませんが、つぎのような見本句も参考にしてください。

1 チューリップ一輪飾り部屋香る
中七を言いかえ、それにつながるように下五の語順を変えました。

2 梅雨寒や看護師寝ずに見回りぬ
「いま見回っている」という意味の「見回りをり」を「見回りぬ」に言いかえ、「見回った」と完了の形にしました。

3 クリスマス妻の淹れたる珈琲飲む
「淹れる珈琲」を「淹れた珈琲」と完了形の意味にし、文語で表現しました。下五が六音になりますが、リズムよく読みましょう。

4 甘き香の一粒づつや今年米
前後の語句の順番を変え、「や」をつけて切れを出しました。「今年米」は「新米」と同じ意味です。

今日の一句

身のまわりにある物で俳句をつくってください。衣類、文房具、家具、日用品、趣味の道具など、視点を変えて物を見てみましょう。字余りの句に挑戦してもよいでしょう。

今日の名句

春月の木椅子(きいす)きしますわがししむら　桂(かつら)　信子(のぶこ)

季語 春月　季節 春

「ししむら」とは肉のかたまりのことで、この句では作者の肉体のことをいっています。「わがししむら」という字余りが、木椅子をきしませる重量感として生かされています。

俳句ならではの漢字の読み方があります

さつきから夕立の端にゐるらしき　飯島晴子(いいじまはるこ)

この句は、中七を「ゆうだちのはしに」と読んでしまうと字余りになりますが、「ゆだちのはしに」と読むと定型になります。

俳句では、定型に収めるために、通常とは異なる漢字の読み方をする場合があります。

59ページの問題にもありましたが、「夕立(ゆだち)」と同じように「夕焼(ゆやけ)」や「大根(だいこ)」はよく出てくる読み方です。ほかに、「牡丹」を「ぼうたん」、「日短か」を「ひいみじか」、「去年」を「こぞ」と読んだりします。「紅葉」は「もみじ」と読むのが一般的です。「夜」は「よ」と読むのが基本で、「秋の夜(よ)」「昨夜(さよ)」のように詠みます。「亡父・亡母」はそれぞれ「ちち・はは」です。

俳句独特の読み方はほかにもあります。句作をしながら少しずつ覚えていくとよいですね。

第2週 7日目

期待感を高める「句またがり」

俳句を読むときは「五・七・五」のリズムに乗せながら読みますが、ことばがすべて「五・七・五」で区切れているわけではありません。どういうことか、つぎの句を読んでみましょう。

子にみやげなき秋の夜の肩車　能村登四郎（のむらとしろう）

ある秋の日の夜、子どもへのおみやげを持たずに帰宅した作者が、子どもに肩車をしている様子を詠んでいます。「五・七・五」のリズムが、なんとなく違うように感じられませんか。

意味のまとまりは、「子にみやげなき」がひとつながりです。しかし、「子にみやげ」で五音を使い切っているので「なき」が上五に入りません。「なき」はつぎの中七になります。

子にみやげ／なき秋の夜の／肩車

中七は「なき秋の夜の」と七音ですので音数は守られていますが、ここだけ取り出すと意味が通じません。このように、**意味の切れ目が、上五から中七、中七から下五へとまたがっている句を「句またがり」といいます。**

この句は、上五を「みやげ」で終えて余韻を残し、つぎのことばを期待させるところがポイントで、中七の最初に「なき」が出てくるために、この「なき」が強調されることになります。このように変則的なリズムにすることで表現の効果を高めているのです。

俳句をつくっていると、意図しなくても、句またがりになることはよくあります。そのようなときは、句またがりでも調べがくずれず意味が理解できるか、声に出して確認しましょう。

また、あえてリズムをずらすことを意識してつくると、句またがりは効果的な技法になります。音楽でたとえるなら、強い拍と弱い拍を置きかえてリズムに変化をつける、シンコペーションのようなものです。句またがりの効果をどう出すかを考えるのもおもしろいでしょう。

問

それぞれの空欄に入ることばを選択肢のなかから選んで、俳句を完成させてください。句またがりを意識しながら読んでみましょう。

1 夏至今日と思ひつつ［　］を閉ぢにけり

2 コスモスの［　］あそびをる虚空かな

3 ［　］とわが髪からみあう秋の櫛

4 降りてくるときやはらかき［　］の脚

5 降るやうな星空［　］は寒に入る

6 ［　］さされが治れば終る夏休み

7 美しき距離白鷺が［　］に見ゆ

選択肢

蝶　蜂　花　村　母　凧　書

解答と解説

1 夏至今日と思ひつつ書を閉ぢにけり　高浜虚子

2 コスモスの花あそびをる虚空かな　高浜虚子

3 母とわが髪からみあう秋の櫛　寺山修司

4 降りてくるときやはらかき凧の脚　井上弘美

5 降るやうな星空村は寒に入る　長谷川素逝

6 蜂さされが治れば終る夏休み　細見綾子

7 美しき距離白鷺が蝶に見ゆ　山口誓子

1は中七と下五の「書を／閉ぢにけり」がひとつながり。2は上五と中七の「コスモスの／花」がひとつながり。3は上五と中七の「母とわが／髪」がひとつながり。4のことばの切れ目は「降りてくるとき／やはらかき凧の脚」。5の切れ目は「降るやうな星空／村は寒に入る」。6の切れ目は「蜂さされが治れば／終る夏休み」。7の切れ目は「美しき距離／白鷺が蝶に見ゆ」。

問

まずは、1~9の句に斜線を入れて「五・七・五」の音数に分けてください。つぎに、句またがりになっている句を選び、例のように、句またがりの部分に］を入れてみましょう。

例　クリスマス］／カード消印］／までも読む　後藤夜半（ごとうやはん）

1　石ひとつあり卒業のポケットに　青山茂根（あおやまもね）

2　寒月（かんげつ）に焚火ひとひらづつのぼる　橋本多佳子（はしもとたかこ）

3　何となく寒いと我は思ふのみ　夏目漱石（なつめそうせき）

4　海見ゆるまで登り来て初日待つ　高橋悦男（たかはしえつお）

5　火美し酒美しやあたためむ　山口青邨（やまぐちせいそん）

6　掃納（はきおさめ）して美しき夜の宿　高浜虚子（たかはまきょし）

7　白蝶々飛び去り何か失ひし　細見綾子（ほそみあやこ）

解答と解説

1　石ひとつ］／あり卒業の］／ポケットに

2　寒月に／焚火ひとひら］／づつのぼる

3　何となく／寒いと我は／思ふのみ

4　海見ゆる］／まで登り来て／初日待つ

5　火美し／酒美しや／あたためむ

6　掃納］／して美しき／夜の宿

7　白蝶々／飛び去り何か］／失ひし

8　夏山や／一足づつに／海見ゆる

9　拝殿の］／下に生れゐし／子鹿かな

1は上五から中七への「石ひとつ／あり」と中七から下五への「卒業の／ポケットに」が句またがりです。「卒業」が春の季語です。

2は「ひとひら／づつのぼる」と中七から下五への句またがりです。灰がふわりと舞う姿が浮かびます。

3は、作者の心情をそのままつぶやいたような句で、なんとなく寒いなあと私は思うだけである、と詠んで

8 夏山や一足づつに海見ゆる

小林一茶（こばやしいっさ）

9 拝殿の下に生（あ）れゐし子鹿かな

杉田久女（すぎたひさじょ）

今日の一句

句またがりを意識して、昨日起きたできごとで句をつくってください。昨日はなにをしましたか？　どこに出かけましたか？　誰に会いましたか？　日記感覚でつくってみましょう。

今日の名句

人にや、おくれて衣更（ころもか）へにけり

高橋淡路女（たかはしあわじじょ）

季語 衣更　季節 夏

現代の衣類は着用するシーズンがあいまいなものも少なくありませんが、通常、「更衣（ころもがえ）」は6月と10月に行い、俳句では初夏の季語です。更衣をつい先送りしてしまうことはよくあります。「やや・おくれて」「衣・更へにけり」と句またがりになっています。

います。

4は「海見ゆる／まで登り来て」と上五から中七への句またがりです。初日の出を見るために、海の見える高台まで登ってきたという句です。

5は秋の季語「温（あたた）め酒」の句です。「囲炉裏（いろり）の火が美しく、酒がおいしい。温めて飲もう」という句です。

6は、全体が「掃納して／美しき夜の宿」とふたつに分かれます。「掃納」は大晦日に行う、その年最後の掃除のことで、冬の季語です。

7は「飛び去り何か／失ひし」と中七から下五への句またがり。作者は白い蝶が飛び去ったのを見て、何かを失くしたと感じたようです。

8は夏の時期、山道を歩いていたのでしょう。視界が開けたと思ったら、海が見え、ひと足ごとに海に近づいていると詠んでいます。

9は「拝殿の／下に生れゐし」と上五から中七への句またがりです。奈良の神社の拝殿の下で子鹿が生まれた情景を詠んでいます。

現代俳句を確立してきた人たち

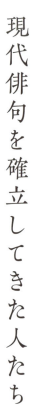

明治時代に、現代の俳句の形をつくった正岡子規は、病気のため、惜しくも短い生涯を終えました。しかし、その弟子を中心に近代の俳句はさまざまに開花し、広がっていきます。

子規の死後は、その弟子として双璧をなしていた河東碧梧桐と高浜虚子の対立が深まります。

碧梧桐はより革新的な模索を続け、その流れは難解な方向に向かいます。しかし、そこから形式や季語にとらわれない「自由律俳句」が生まれ、のちに種田山頭火や尾崎放哉が出てくる基礎となりました。

いっぽう虚子は、伝統的な俳句派のリーダーとして大きな役割を果たし、子規の提唱した「写生」も一般に広く普及していきます。

大正期には、飯田蛇笏、村上鬼城、日野草城など個性的な俳人が登場します。なかでも、俳号の頭文字をとって、のちに「四S」と呼ばれた水原秋櫻子、山口誓子、阿波野青畝、高野素十がそれまでにない新風を吹き込み、三橋鷹女、中村汀女、星野立子、橋本多佳子など、女性俳人も活躍しはじめました。

また、虚子は「花鳥諷詠」という創作の理念を提唱します。花鳥とは自然を意味します。季節を重視し、人間も含めて自然を詠むことの重要性を説いたもので、虚子の生涯にわたる創作の理念でした。

「四S」と同じころには、「新興俳句」の動きも始まります。それは伝統性への反抗を急ぐあまり、芸術性よりも素材や表現に偏りがちの傾向もありました。同時期に、人間性を重視し生活に根ざした俳句を目指す、中村草田男、加藤楸邨、石田波郷らのいわゆる「人間探求派」と呼ばれる俳人も出てきます。

第二次世界大戦後は、民主化にともない、金子兜太に代表される社会性の強い句や前衛といわれる句も出てきます。女性俳人の活躍も活発になってきます。

現代の俳句界では、伝統と新しさを共存させながら、さまざまな作風や表現が生み出されています。俳人の活動のしかたも変わり、結社（▼126ページ）に属さずにフリーで活躍する俳人も出ています。また、インターネットを使った句会など、俳句の楽しみ方も自由な広がりを見せています。

第3週

表現するためのテクニックを学びましょう

句作の幅を広げるためのテクニックを学びます。適切な季語やことばの選び方、効果的な表現方法を知ることで、俳句の世界が、広く深く感じられるようになります。

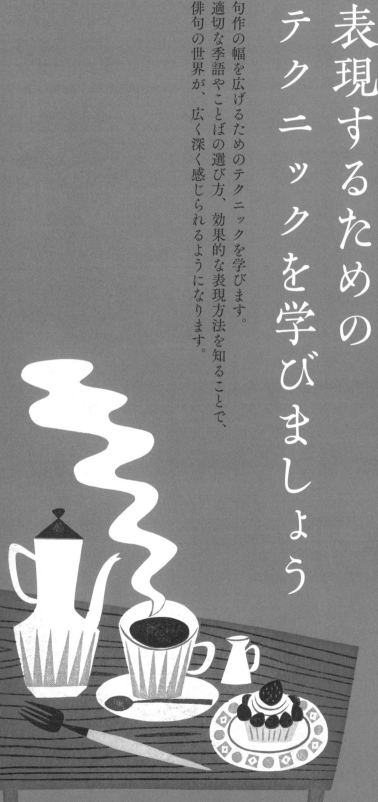

第3週で学ぶこと

俳句を上達させるテクニックを学びます

俳句は十七音のことばをうまく組み立て、その句を読んだ人にも共感してもらえると、よい作品ができあがります。そのためには、それぞれのことばがより効果的に生きるための技法を知っておくことが大切です。

たとえば、俳句に欠かせない季語は、その季節のものであればどれを用いてもよいというわけではありません。なぜなら、季語にはその句のテーマとなるポイントが託されていることが多いからです。歳時記を愛用しながらしばらく俳句づくりを続けていくと、ほかの人の句を読んだときも、そのなかで使われている季語に対するイメージを共有することができます。

適切な季語を選ぶことができれば、あなたのつくった句を理解し、共感してくれる人も増えてくるはずです。季語のもつ役割や用い方のコツを学んで、効果的に使えるようになりましょう。

3週目の構成

またこの週では、俳句の技法、テクニックを学びます。スポーツで勝つためには、毎日のトレーニングが欠かせません。そのうえで、どういう技をつかって、どう攻めるのか、というような作戦が必要になります。

俳句もスポーツと同じように考えてみましょう。日ごろから、俳句づくりを意識して物事を観察するトレーニングは重要ですが、それをうまく効果的に表現するためには「俳句の技」をもつことも大切なのです。

俳句の技とは、五・七・五の十七音のなかで「どのようなことばをどう用いるか」ということです。ことばの奥深さと、さまざまなテクニックを知り、ありきたりではない、おもしろみのある俳句をつくれるようにしましょう。

今週の目標

季語は適切な使い方があることを理解しましょう。
句作の技法を知り、いろいろな形の俳句をつくってみましょう。

季語をポイントにした俳句づくりを学びましょう

季語の効果を最大限に生かすためには、その季語が俳句の世界でどんなイメージで使われるものかを理解しておかなければいけません。季語を使う前に歳時記で、季語の意味を確認することも大切です。

この週の［今日の一句］は俳句の技を実践します

オノマトペや比喩、擬人法など、具体的なテクニックをテーマにして俳句をつくります。ことばの並べ方をかえたり、別の表現ができないか考えたり、まさしく俳句づくりの醍醐味を味わえる週といえるでしょう。

第3週 1日目

「一物仕立て」と「取り合わせ」の表現

俳句には、ひとつの情景をそのままひとつの文で表現しているものと、切れによって一句をふたつの文で表現しているものがあります。

ひとつの文で表現されている句は「一物仕立て」と呼ばれ、基本的には季語を主題としてつくられています。つぎの句は一物仕立ての句です。

風鈴を鳴らさぬやうに仕舞ひけり　齋藤朝比古

「風鈴」が夏の季語です。風鈴をしまうときの様子を観察し、詠んでいます。風鈴を鳴らさないように、そっと箱にしまっている様子が見えるようです。このように**一物仕立てでは、「何々が〜だ」「何々が（を）〜する」というひとつのことをひと続きで詠みます。**

これに対して、**一句がふたつの文で表現されているものを「取り合わせ」といいます。**つぎの句は、同じ風鈴を季語にしていますが、切字の「や」が入った取り合わせの句になります。

風鈴やとかく話の横にそれ　鈴木真砂女

風鈴が鳴っているところで、誰かとおしゃべりをしているのでしょう。話題が、つぎからつぎへと変わっていくということを詠んでいます。風鈴と「話題がそれる」というふたつのことを一緒に詠んでいますが、このふたつの間に直接の関係はありません。しかし、風鈴の性質を考えると、間には共通性も感じられます。話がそれていく状況は、風鈴が気ままに風に揺られて鳴っているさまを連想させるからです。

取り合わせは一見すると季語とは関係ないことを詠んでいるように感じますが、季語とそれ以外の語句に、絶妙な関係性が感じられると新鮮な句になります。コツは、季語を単なる添えものと考えずに、ことばの意味やイメージをしっかり理解することです。季語の理解力が高まれば、意外な取り合わせを発見できることでしょう。

問

つぎの句は、すべて松尾芭蕉の句です。一物仕立てでしょうか、それとも取り合わせでしょうか。情景を想像しながら声に出して読み、どちらの手法かを選んでみましょう。

1 花の雲鐘は上野か浅草か
［一物仕立て・取り合わせ］

2 道のべの木槿（むくげ）は馬に食はれけり
［一物仕立て・取り合わせ］

3 いざ行（ゆか）む雪見にころぶ所まで
［一物仕立て・取り合わせ］

4 夏草や兵（つわもの）どもが夢の跡
［一物仕立て・取り合わせ］

5 秋深き隣は何をする人ぞ
［一物仕立て・取り合わせ］

6 おもしろうてやがてかなしき鵜舟（うぶね）かな
［一物仕立て・取り合わせ］

解答と解説

1 取り合わせ　2 一物仕立て
3 一物仕立て　4 取り合わせ
5 取り合わせ　6 一物仕立て

1は「花の雲」が季語。「花」は俳句では桜を指し、桜が咲き連なって雲のように見えることです。桜と鐘の音は無関係ですが、くぐもったような鐘の響きが春の気分に合います。

2は「木槿」が秋の季語。道に沿って咲いている木槿の花を馬がぱくりと口にしたという一物仕立てです。

3は「さあ雪見に出よう、転んでしまうところまで」と詠んでいます。「行む」と切れがありますが、内容は「雪を見にいこう」と一句全体で、雪に興じる姿を詠んでいます。

4は「夏草が茂っているなあ」と詠嘆し、この地で栄え滅びた藤原氏や最期を迎えた源義経を偲（しの）んでいます。

5は「秋深き」とそれ以降は直接の関係がない取り合わせです。

6は「鵜舟」が夏の季語。最初は鵜飼いを楽しんでいたけれど、だんだん悲しみを感じてしまった心の移り変わりを詠んだ一物仕立てです。

問

取り合わせの句をつくる練習をしてみましょう。1〜3の手順で、例を参考にしながら空欄に書き込んでいきましょう。

1

まず、最近あなたが思ったこと、身のまわりで気がついたことで俳句になりそうなものを短くまとめてみましょう。

例 コーヒーを淹(い)れるとき、手元をよく見ながら集中してお湯を注ぐので、そのときだけは口数が少なくなるようだ。

2

そのことにふさわしい季語を考えてみましょう。

例 冬の夜、夜長

3

全体を十七音にまとめて調子を整えましょう。

例 冬の夜(よ)や珈琲淹れるとき無口

解答と解説

どんな句ができたでしょうか。例を参考にして、いくつかの句をつくってみるとよいでしょう。

1のように、何気なく気づいたことを俳句に詠めると、日常がより楽しくなるはずです。

2は、いまの季節の季語があればいいのですが、よりイメージにふさわしい季節があれば、そこから季語を選んでもよいでしょう。練習ですから、自由につくってみましょう。問題では、コーヒーをゆったり楽しむ季節として、秋か冬が似合いそうだと考えました。さらに、平日なら朝よりも夜のほうがのんびりできる時間といえます。一方、休日なら朝でものんびりできそうですね。休日の朝のコーヒーと想定すると、季節も変わってくるかもしれません。

3では、季語を「冬の夜」にしました。切字の「や」をつければ「冬の夜や」で五音になります。「冬の夜」と珈琲を淹れることは、直接の関係がありませんから、取り合わせの句になります。

今日の一句

一物仕立てか、取り合わせかを意識して、四季の行事を俳句に詠んでみましょう。節句などの年中行事のほか、地元の小さなお祭りや、家族の恒例行事でもよいでしょう。

今日の名句

汐浴びの声ただ瑠璃の水こだま　中村草田男

季語 汐浴び　**季節** 夏

「汐浴び」とは海水浴のことです。海で遊んでいる人たちの弾んだ声が瑠璃色の水こだまのようだと表現しています。「水こだま」は「水の小玉」で水滴のことでしょう。声が海水に反響し、それが瑠璃色のしぶきとなって舞い上がるようなイメージでしょうか。真夏の太陽の光が、水面にキラキラと反射した様子も想像できます。

取り合わせのコツを覚えましょう

取り合わせは、取り合わせるふたつの物事が意外なものであればあるほど、表現されるイメージが絶妙に広がります。しかし、そのふたつがあまりにかけ離れていると、作者以外の人にはわかりにくいものにもなってしまうので注意が必要です。

句作のうえで大事なことは、取り合わせに選んだふたつの物事が、読む人の想像をかきたて、なんらかのつながりを感じてもらえるかどうかです。ふたつのものを並列してインパクトを出すことを、俳句では「二物衝撃」といいますが、インパクトを出すだけで終わらず、つながりを意識するようにしましょう。

取り合わせに慣れるには、まず取り合わせの句をたくさん読み、感覚をつかむようにすることです。そのうえで、句に用いる季語や物事の意味、イメージを理解し、それらを新鮮に感じ取れる表現を考えていくとよいでしょう。

第3週 2日目

季語の「つきすぎ」と「はなれすぎ」に注意

俳句に季語は欠かせませんが、つくった俳句の評価を受ける際に、季語の「つきすぎ」「はなれすぎ」といわれることがあります。

季語の「つきすぎ」とは、誰もが思いつきそうな季語の使い方をしているときに指摘されることです。**季語からすぐに連想されそうなことばを並べると「つきすぎ」になりがち**です。つきすぎていると、当たり前すぎて新味のない句になってしまいます。たとえば次のような句です。

行く夏や海から人の姿消え

この句の季語は「行く夏」で、夏も終わろうとしていて、海に来る人もなくなったと詠んでいます。夏が終われば海に行く人が減るのは多くの人が想像できます。「行く夏」に「海から人の姿消え」の組み合わせは新鮮味が薄く、イメージが広がるおもしろみもありません。

これとは逆に、**季語とそれ以外の部分との関係が理解しづらく、季語がピンとこないときは、季語の「はなれすぎ」**といわれます。

たとえば、老いをあらわそうとする場合、「枯芒（かれすすき）」という季語を使うとわかりやすいですが、平凡で「つきすぎ」に陥る危険があります。では、あえて、ひまわりのような元気な花にするとどうなるでしょうか。

向日葵（ひまわり）や鏡に映る老い姿

今度はなぜ「老い姿」に「向日葵」なのかが問題です。イメージが重なりにくいことばを一緒に用いるときは、理解してもらうための表現の工夫が必要です。それをせずに、意外な季語だけ置いても生かされません。

取り合わせ（▼70ページ）で季語を使う場合は、**季語とそれ以外の部分の関係は、つかずはなれずにするのがよい**句といえるでしょう。**読む人が句の背景を想像でき、共感できる距離感の季語を選ぶ**ことが大切です。

問

つぎの季語の時期、意味やイメージを歳時記で調べてください。月、風、雨、雪、山など、同じことばを使う季語でも、用いるべき時期や場面が違うことを知っておきましょう。

1 涼風
季節
意味

2 隙間風
季節
意味

3 山笑う
季節
意味

4 山滴る
季節
意味

5 余花
季節
意味

6 残花
季節
意味

解答と解説

1 夏／晩夏のころに吹く風
2 冬／戸や障子の隙間から吹く風
3 春／草木が芽吹いて明るい春の山を擬人化した表現
4 夏／緑がみずみずしい夏の山を擬人化した表現
5 夏／若葉のなかに咲き残る桜
6 春／散らずに残っている桜

1・2のような風の表現は季節ごと、地域ごと、風の向きなどでさまざまな呼び名があります。「東風（こち）」「春北風（はるならい）」「白南風（しろはえ）」など読み方が独特のものもありますので、風を詠むときは歳時記で確認しましょう。

3・4は山を擬人化した表現で、紅葉で彩られる秋の山は「山粧う（よそおう）」、静かに春を待つ冬山は「山眠る」ともいいます。「山」だけでは季語にはならず、「春の山」「夏の山」などと季節を添えてそれぞれ季語とします。

5・6は、桜の花に限った表現です。桜を表現する季語はほかにもたくさんあり、桜の花が散ることは「落花（らっか）」という季語で表現します。

問

つぎの俳句は、季語が「つきすぎ」か「はなれすぎ」になっています。季語の部分に傍線を引き、「つきすぎ」「はなれすぎ」の空欄に該当する番号を書き込んでください。季語の意味をよく考えてみましょう。

1 短日や窓の外もう暮れてをり

2 新緑や夜勤の部屋の蛍光灯

3 鶯（うぐいす）や避暑地の森の音楽祭

4 冬の月手紙の文字はかすれけり

5 立冬や行き交ふ人は肩すくめ

6 寄鍋やいつもの仲間顔ならべ

つきすぎ

はなれすぎ

解答と解説

［つきすぎ］
1 短日　3 鶯
5 立冬　6 寄鍋
［はなれすぎ］
2 新緑　4 冬の月

1の「短日」は、冬に日が短くなることをあらわす季語ですが、中七と下五が季語の説明をしているだけになっています。2は、夏の季語「新緑」を夜勤という夜の情景に当てていますが、季語の本意である、みずみずしい緑のイメージとは無縁です。蛍光灯で緑が見えるという解釈もできなくはないですが、それでは季語が生かせません。3は、美しい鳴き声の「鶯」と「森の音楽祭」の組み合わせに新鮮さが感じられません。4の「冬の月」は空気が澄んですっきりと見えるものですから、文字がかすれているという状況にはそぐわない季語といえます。5は冬の寒いときに人が寒さに肩をすくめて歩くのは当たり前の光景です。6の「寄鍋」は複数で食べることが多く、仲間が集まるのはありきたりです。

今日の一句

季語とそれ以外の要素で、取り合わせの句をつくってみましょう。上五を「四音の季語＋切字のや」にするとつくりやすくなると思います。

今日の名句

地下鉄にかすかな峠ありて夏至

正木（まさき）ゆう子（こ）

季語 夏至　**季節** 夏

「峠」は山の坂道を登りつめたところで、上りと下りの境目の場所をさします。地下鉄は乗っていても外の様子は見えませんが、車両は左右にカーブしたり坂を上ったり下ったりして移動していますから、よく考えれば線路にも峠があるのですね。取り合わせの季語である「夏至」は、太陽の位置が一年でいちばん高くなった日で、梅雨の時期でもあります。梅雨時は歩くよりも地下鉄に乗りたい気分になりますし、どちらもてっぺんである峠と夏至の太陽がシンクロします。

季語の「本意」を大事にしましょう

俳句の世界では、「季語には本意がある」といういい方をします。季語の本意とはなんでしょうか。

たとえば、「春雨」という季語があります。これを単なる春に降る雨と考えてはいけません。俳句での春雨は「春にしとしとと降る雨」と限定されて、ひと雨ごとに植物の成長を促すようなイメージの雨とされています。ですから春の雨でも、どしゃぶりのときには「春雨」は使えないのです。

昔から時間をかけて積み重ねられた意味合いが、その季語の「本意」です。季語を使うときにはそれを十分に考慮する必要があります。

ただ、本意ばかりを重視し、そのイメージにこだわりすぎると、すでに多くの人たちが詠んだものと似通った考えから抜け出せなくなります。季語の本意を十分に理解したうえで、新しい表現の切り口を出したいものです。

第3週 3日目

オノマトペを効果的に使いましょう

動物の鳴き声や自然界の音などをあらわすことばを擬音語といいます。「わんわん」「どぶん」「ざあざあ」などがそうです。擬声語も同じ意味です。

これに対して、物事の状態や人の様子などをいかにもそのように描写したことばを擬態語といいます。たとえば、「じろり」「ぎっしり」「すべすべ」「きらきら」など、実際に音が出てはいなくても、音のように表現しているものです。**擬音語と擬態語は、どちらも「オノマトペ」と呼ばれます。**

俳句にはオノマトペを用いたものがたくさんあります。ただし、俳句は十七音という制約があり、普通にオノマトペを使ってしまうと、それだけで音数を取られてしまうため吟味が必要です。さらに**「ぶらぶら歩く」など、よくある表現を使用してもおもしろみがありません。**

オノマトペを使うなら、**独創的なオノマトペをつくり出し、効果的に用いましょう。**句が生き生きとします。例をあげてみましょう。

水枕ガバリと寒い海がある　西東三鬼

「ガバリ」が水枕を使っている際の様子をあらわす擬態語です。氷水が詰まっている水枕の音を「ガバリ」としたことで、冬の海がせまってきそうです。

三月の甘納豆のうふふふふ　坪内稔典

作者がつぶやいた声なのか気分の擬態語なのか判然としませんが、楽しげな感覚が伝わってきます。

原爆許すまじ蟹かつかつと瓦礫あゆむ　金子兜太

蟹は作者自身でしょうか。「かつかつ」というかたい印象の音に、強い思いが感じられます。

ことば数を少なくして読む人の想像力に期待する俳句にとって、オノマトペは個性的な表現を生み出す手法です。

問

つぎの句の空欄にはオノマトペが入ります。選択肢のオノマトペのイメージと句中のことばをうまく連想させて、正しいものを選びましょう。

1 秋の蚊の［　　］来て人を刺す

2 ［　　］月光降りぬ貝割菜(かいわりな)

3 ［　　］朝日差し込む火燵(こたつ)かな

4 ［　　］肋骨(ろっこつ)きしむ鵙(もず)の晴(はれ)

5 梅が香(か)に［　　］日の出る山路かな

6 若水(わかみず)と呼ばれて［　　］沸く

選択肢

のつと　キクキクと　よろよろと

ふくらふくら　ひらひらと　ほこほこと

解答と解説

1 秋の蚊の**よろよろと**来て人を刺す　正岡子規(まさおかしき)

2 **ひらひらと**月光降りぬ貝割菜　川端茅舎(かわばたぼうしゃ)

3 **ほこほこと**朝日差し込む火燵かな　内藤丈草(ないとうじょうそう)

4 **キクキクと**肋骨きしむ鵙の晴　三橋鷹女(みつはしたかじょ)

5 梅が香に**のつと**日の出る山路かな　松尾芭蕉(まつおばしょう)

6 若水と呼ばれて**ふくらふくら**沸く　横澤放川(よこざわほうせん)

1は動きのにぶった「秋の蚊」の様子を表現しています。2は「ひらひら」の月の光が、貝割菜の小さな葉一枚一枚と重なります。3は火燵の暖かさがより強調されているように感じます。4は肋骨がきしむ様子です。鵙はキーッキーッと鋭い声で鳴く鳥で、肋骨のきしみと重なります。5梅の花は日の出とともに開きよい香りを出します。6の「若水」は新年の最初に汲む水で、口にすると一年の邪気を払えるといわれます。沸く音もおめでたく聞こえます。

問

つぎの状態・様子をあらわすオノマトペを考えてみましょう。いくつ書き出してもかまいません。自分なりの表現で、新鮮なオノマトペをつくってみましょう。

1 雨が傘に当たる音

2 麺を食べるときの音

3 スニーカーで歩くときの足音

4 花が咲くときの音

解答と解説

おもしろいオノマトペができたでしょうか。正解はひとつではありませんので、自由に表現してください。具体的な状況や状態を思い描きながらつくるとよいでしょう。

1は、雨粒の大きさや雨脚の強さなど降っている雨の状況によって変わると思います。どんな雨降りの様子か、想定してから考えてみるとよいでしょう。

2は麺の太さや種類、食べ方のクセ、誰が食べているかなどで感じ方も変わってくるでしょう。

3は、歩いている場所、地面の状態によって、実際の音も変わります。歩く速度、歩幅など具体的な状況が想像できるとおもしろい擬態語ができそうですね。

4は、「ぱっ」と咲くなどと表現されることもありますが、実際には聞こえない音です。桜か、あじさいか、こぶしか、なんのつぼみが開くのか、その花のもつイメージと一緒に考えるとつくりやすいのではないでしょうか。

今日の一句

オノマトペを入れて俳句をつくってみましょう。80ページの【問】で考えたオノマトペを使ってもかまいませんし、別の新しいオノマトペを考えてみるのも楽しいでしょう。

今日の名句

春の海終日（ひねもす）のたりのたりかな　与謝蕪村（よさぶそん）

季語 春の海　**季節** 春

「終日」は朝から晩まで一日中という意味です。「のたり」はゆったりする、ゆっくりするなどの意味のオノマトペです。蕪村は江戸中期の俳人ですが、オノマトペは古くから俳句に用いられていました。「春の海が見えるなあ。一日中のんびり過ごしているよ」と詠んでいます。「のたりのたり」とオノマトペを反復させ、ゆったりした気分を強調させていますね。春ののどかな一日が想像できます。

オノマトペに多いリフレインの効果

語句をくり返し登場させることを「リフレイン」と呼びます。リフレインを使うとその部分が強調される効果があります。さらにことばをくり返すことで、独自のリズムが発生し、そこに抒情性が生まれます。

一月の川一月の谷の中　飯田龍太（いいだりゅうた）

俳句は音数の制約もあるため、まったく同じ語句をくり返すだけでなく、語句の一部分だけをリフレインさせることもよくあります。

またリフレインは、オノマトペでもよく用いられます。オノマトペを使うなら、使い古されていないものを使うか、従来にない用法、新しい表現を工夫しましょう。

大根を水くしやくしやにして洗ふ　高浜虚子（たかはまきょし）

第3週

4日目

比喩を使ってみましょう

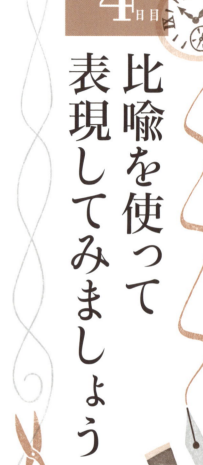

ある物事を、ほかのなにか別のものにたとえて表現することを「比喩（ひゆ）」といいます。「雪のように白い肌」など比喩を使うと、肌がどれほど白いのかを強調してくれる効果があります。比喩にはいくつかの手法がありますが、まずは代表的なふたつの比喩を覚えておくとよいでしょう。

ひとつめは、**「AのようなB」とあらわす「直喩（ちょくゆ）」です**。たとえば、「夢のようなできごと」「石のようにかたいパン」などは直喩です。俳句でよくあるのは、「～ごとく」「～めく」「～のよう」などをつけた表現です。

つぎの二句は直喩で、対象を「まるで～のようだ」と詠んでいます。

ところてん煙のごとく沈みをり　日野草城（ひのそうじょう）

除夜の妻白鳥のごと湯浴みをり　森（もり）澄雄（すみお）

もうひとつの比喩は、**直接「AはB」とあらわす「隠喩（いんゆ）」です**。「旅のような人生」「人生は旅のよう」といえば直喩ですが、「人生は旅だ」と表現すると隠喩になります。隠喩は、ある物事の特徴を別のもので直接いい切る表現です。

金剛（こんごう）の露（つゆ）ひとつぶや石の上　川端茅舎（かわばたぼうしゃ）

金剛とはダイヤモンドのことです。ダイヤのような露なのです。

火を焚くや枯野の沖を誰か過ぐ　能村登四郎（のむらとしろう）

この句は枯野の野原を海原に見立て、沖という意外なことばを使っているのがポイントです。

比喩を使うことで、俳句に趣がもたらされ、さらに世界を広げることができます。ただし、使い古された比喩をそのまま使うと陳腐になってしまうので逆効果です。**比喩には、意外性があり、読み手が「なるほど」と思えるようなたくみさが必要**なのです。

問

つぎの句を読み、比喩で表現されている部分に線を引いてください。その比喩はどの語句をたとえたものかも一緒に考えましょう。

1 大試験山の如くに控へたり　高浜虚子(たかはまきょし)

2 亀甲の粒ぎつしりと黒葡萄(くろぶどう)　川端茅舎(かわばたぼうしゃ)

3 玉の如き小春日和(こはるびより)を授かりし　松本(まつもと)たかし

4 春の山らくだのごとくならびけり　室生犀星(むろうさいせい)

5 摩天楼より新緑がパセリほど　鷹羽狩行(たかはしゅぎょう)

6 死ぬときは箸(はし)置くやうに草の花　小川軽舟(おがわけいしゅう)

7 モナリザのほほゑみほどに山笑ふ　日下野仁美(ひがのひろみ)

8 巻貝は時間のかたち南風　高柳克弘(たかやなぎかつひろ)

解答と解説

1 山の如く　2 亀甲
3 玉の如き　4 らくだのごとく
5 パセリほど　6 箸置くように
7 モナリザのほほゑみほど
8 時間のかたち

1は、山のようにそびえ立つ「大試験」をたとえています。2は粒がぎっしり連なる「黒葡萄」が亀甲のようだと表現しています。3は「小春日和」を玉のようだといっています。小春日和は、春のような暖かい晴天の冬日のことです。4はデコボコした「春の山」のシルエットが、こぶのあるらくだが何頭も並んでいるようだと詠んでいます。5は、摩天楼から見下ろすと公園や街路樹の「新緑」がパセリのようだとたとえています。6は、自分が「死ぬとき」はそっと箸を置くように静かに逝(い)きたいと詠んでいます。7の「山笑ふ」は春の山のことです。芽吹き山のやさしさをモナリザのほほえみにたとえています。8は「巻貝」のらせん状の形を「時間のかたち」と表現しています。

問　つぎの句の空欄には比喩が入ります。それぞれの選択肢からふさわしいと思う比喩表現を選び、空欄に書き込んでください。選択肢の語句のイメージをふくらませて考えてみましょう。

1　霧立つや［　　］ごとく樽の酒

選択肢　目覚める／眠れる／遊べる／弾ける

2　福寿草［　　］ほどの日だまりに

選択肢　風呂敷／ハンカチ／ハガキ／切手

3　［　　］のやうな光や春の海

選択肢　はちみつ／宝石／ビー玉／刀剣

4　［　　］の凩（こがらし）となり吹き抜けり

選択肢　優柔不断／直情／冷徹／無愛想

5　向日葵（ひまわり）の［　　］がごとく空に向く

選択肢　笑ふ／叫ぶ／祈る／嘆く

解答と解説

1　眠れる　2　ハンカチ
3　はちみつ　4　直情
5　叫ぶ

1の「樽の酒」は、樽に入っている状態の酒です。樽で醸造されている様子を「眠れるごとく」と表現しました。

2は、ハガキ、切手は字足らずになります。福寿草にはハンカチがほどよい日だまりの大きさです。

3は、「春の海」からイメージしたいところです。「刀剣」は冬のイメージ。「宝石」だったら具体的に「ダイヤモンド」「サファイア」などとするほうがよさそうですね。

4は、人間に用いる表現を、凩に当てはめています。どんなふうに吹き抜けていったのか、凩の性格が見えてくるようですね。

5は、向日葵といえば「笑顔」が想像されそうなところですが、「空に向く」をいかして「叫ぶ」にしました。普通の比喩から離れて考えてみましょう。

問

つぎの語句を比喩を使って表現してください。その語句のイメージをふくらませ、新鮮な比喩を発見してみましょう。

1 満開の桜

2 かき氷

3 地面に重なっている落葉

4 吠えている犬

解答と解説

新鮮な比喩はできたでしょうか。正解はひとつではありませんので、自由に表現してください。

1は、花のつき方、色、樹木の大きさ、シルエット、枝1本か数本かなどを考えてみましょう。

2は、見た目のほかに、味覚や温度なども意識すると表現の幅が広がります。

3は、葉の種類、形、色、触覚なども想像してみましょう。

4は、どんな犬がどんなふうに吠えているのでしょうか。鳴き声を比喩で表現してみてもよいでしょう。

今日の一句

「ごとく」を使って比喩の入った俳句をつくってみましょう。ありきたりの比喩にならないよう、いつもと違う視点で観察しましょう。

今日の名句

去年今年貫く棒の如きもの　高浜虚子

季語 去年今年　季節 新年

昨日の「去年」から今日の「今年」になっても、変わりなく続いていく日々は断つことのできない「貫く棒」のようだと詠んでいます。

第3週 5日目

擬人法は効果的に使いましょう

擬人法とは、人ではないものを人の様子にたとえる表現のしかたです。ものを「擬人化」するなどともいいます。

私たちが擬人法を使うのは、幼い子どもと話すときなどでしょうか。「お花が笑ってるね」「わんちゃんがお話ししてるよ」など、知らず知らず使っていることがよくあると思います。

俳句でも、擬人法を使った句はあります。擬人法は、その句の焦点となる部分に使われることが多くなります。

ですから、あまり軽々しくは使わないほうがよいでしょう。「凛とした花」「鳥が歌う」などと、ありがちないい回しになってしまうと新鮮さが感じられませんし、むしろ擬人法は、幼稚な印象を与えてしまうこともあります。

擬人法を使うのであれば、対象をよく観察し、発想を豊かにして取り組みましょう。これまでに詠まれていない物事や場面を切り取っているか、表現が新鮮であるかなどを意識することが大切です。

向日葵の大声でたつ枯れて尚　秋元不死男

ひまわりは枯れていても、立ち上がり大声で叫んでいるように見えると詠んでいます。枯れたひまわりの姿をよく観察し、枯れているのに大声を出しているという擬人化が独創的です。

噴水の内側の水怠けをり　大牧広

この句では、噴水の水にも内側と外側があることに着目し、その違いをうまく捉えて擬人化しています。

動物や植物にも人間のような心があるように考えるのは、詩ごころの基本かもしれません。そのせいか、俳句初心者には擬人法を多用する人も多いのですが、新鮮な擬人法を効果的に使うのは案外むずかしいもの。

初心者は、擬人法に頼りすぎないのがおすすめです。擬人法を思いついたら、まずは擬人法以外で表現できないかを考えてみるとよいでしょう。

問

例のように、擬人化されているものに◯をつけ、擬人法で表現している部分に傍線を引いてみましょう。

例 黒揚羽花魁草にかけり来る　高浜虚子

1 焚火かなし消えんとすれば育てられ　高浜虚子

2 啄木鳥や落葉をいそぐ牧の木々　水原秋櫻子

3 日を追うて歩む月あり冬の空　松本たかし

4 赤とんぼ人を選びて妻の膝　山口青邨

5 うしろより来て秋風が乗れと云う　高野ムツオ

解答と解説

1 焚火　育てられ
2 牧の木々　落葉をいそぐ
3 月　追う　歩む
4 赤とんぼ　選びて
5 秋風　乗れと云う

1は、消えそうな火を再度焚きつけることを「育てる」と表現しています。2は、冬に向けて葉を落とす木々を「落葉を急いでいる」と表現しています。3は、太陽のあとを追うように歩く月があるぞと詠んだ句です。4は、赤とんぼが自分の止まりたい膝を選んだという擬人化です。5は、秋風が「この風に乗りなさい」と声をかけてきたと詠んでいます。

今日の一句

擬人法を使った俳句をつくってみましょう。まずは、なにを擬人化するか決め、それを人にたとえるとどう見えるか考えましょう。

今日の名句

木がらしの吹き行くうしろ姿かな　服部嵐雪

季語 木枯らし　季節 冬

この句は、「旅人と我名よばれん初しぐれ」という句を詠んで旅立とうとする芭蕉に送った、お別れの句です。少し寂しそうな後ろ姿ですね。

第3週

6日目

助詞の使い方を工夫しましょう

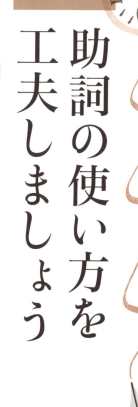

助詞とは、「〜は」「〜の」「〜と」「〜を」など語句と語句をつなぐもので、よく「てにをは」ともいいます。

助詞は使い方しだいで、ことばの意味やニュアンスが大きく変わることがあります。助詞の使い方で意味がどう変わるのか、よく知られた例句で比較してみましょう。

米洗ふ前へ蛍が二つ三つ
米洗ふ前に蛍が二つ三つ
米洗ふ前を蛍が二つ三つ

「へ」は蛍がこちらに向かって飛んでくるように感じます。「に」は目の前で蛍が静かに明滅しているように思え、「を」では蛍が浮遊して目の前を横切ったように見えませんか。たった一音で、イメージされるものがまったく違ってきます。

俳句は、**俳句らしいリズムが必要ですから、ふつうの作文のような文章や説明的な文章は避けなければなりません**。そのため、助詞の用い方にも工夫が必要です。つぎの句をみてください。

秋風に帽子飛ばされ追いかける

俳句らしい趣が弱く感じませんか。一般的に**「〜は」「〜に」「〜で」「〜も」などは、作文的、説明的な表現になりやすい助詞**です。上五が季語であれば、切字の「や」を用いるか、体言止めにするとよいでしょう。「秋風」は四音ですから「や」をつけてみます。

秋風や帽子飛ばされ追いかける

また、主語をあらわす「〜が」「〜は」は、俳句では「〜の」に置きかえることができます。

つぎの句を、ふつうの文章にすると「魂が静かにうつる」となります。「の」にしたことで、魂のやわらかさや静かさが引き立ちます。

たましひのしづかにうつる菊見かな
飯田蛇笏(いいだだこつ)

問

つぎの句の空欄に、助詞を入れて完成させましょう。助詞は選択肢から選んでください。句の意味を考えて選びましょう。

1 夕燕（つばめ）我に（　　）翌（あす）のあてはなき　小林一茶（いっさ）

2 冷奴隣（　　）灯（ともし）先んじて　石田波郷（いしだはきょう）

3 秋雨や線路（　　）多き駅につく　中村草田男（なかむらくさたお）

4 スキー長し改札口（　　）とほるとき　藤後左右（とうごさゆう）

5 ぱつぱつ（　　）紅梅老樹花咲けり　飯田蛇笏（いいだだこつ）

選択肢

は　の　と　に　を

解答と解説

1 夕燕我には翌のあてはなき
2 冷奴隣に灯先んじて
3 秋雨や線路の多き駅につく
4 スキー長し改札口をとほるとき
5 ぱつぱつと紅梅老樹花咲けり

1の「は」は「我」を強めます。2の「隣に〜先んじて」は「隣よりも先に」という意味です。3は口語なら「線路が多い」ともいえます。4はスキー板の長さを字余りで表現しています。5は老木の梅が「ぱっぱっと咲いている」と詠んでいます。

今日の一句

外の風景を観察して俳句をつくってみましょう。助詞の使い方を意識して、詠みましょう。

（　　　　　　　　　　）

今日の名句

三日月に地は朧（おぼろ）なり蕎麦の花　芭蕉（ばしょう）

季語　三日月　季節　秋

三日月のかすかな明かりに照らされた白い蕎麦の花が、おぼろげに見えると詠んでいます。「三日月に」は「三日月のおかげで」という意味を含んだ助詞の使い方です。

第3週 7日目

良句から句作の発想を学びましょう

俳句を上達させるには、つくり続けることが大切です。そして、多彩な俳句を読むことも学びのひとつです。知らなかった表現や、テクニックを発見することができますし、とくに、**名句・良句といわれるものは、さまざまな発想の転換を教えてくれる**ものでもあります。ものを見る視点が変われば、ありきたりでない独自の俳句が生まれてくるはずです。

名句を読むときは、その句についての解説や解釈があればあわせて読むとよいでしょう。

句の鑑賞は、単語の意味を追うだけではよく理解できないこともあります。その句がつくられたときの状況や背景がわかれば、作者の心情を想像しやすくなります。さらに、多様な解釈に触れることで、深く鑑賞することができます。

閑さや岩にしみ入る蝉の声　松尾芭蕉

芭蕉の有名な句のひとつです。名勝として知られる山形県の立石寺を訪れた際の句で、その絶景に望み、一瞬にして周囲の音が止んだような感覚を「なんという閑かさだろう」と詠んでいます。状況を知らないと、「蝉が鳴いているのに、なぜ閑かなのか」と疑問に思う人もいるでしょう。

俳句は江戸時代から続く文芸です。ときには、文語や旧仮名遣いがスムーズに理解できなかったり、日常では見かけない漢字が読めなかったりすることもあると思います。そういったときには、**面倒がらずに辞書を引き、歳時記を参照してみましょう**。なじみのなかったことばも、知ってしまえば共感に変わることが多々あります。少しくらいのつまずきは気にせず、どんどん名句を読み、鑑賞しましょう。

好奇心を旺盛にしておくことも俳句づくりにはプラスになります。そして実作を重ねましょう。**鑑賞と実作は、お互い表裏一体となって、あなたのスキルアップにつながっていくはずです。**

問

つぎの語句は読み方がむずかしいと思われる春と夏の季語です。読み仮名をふり、季節を考えてください。読めないものは辞書や歳時記で調べましょう。

1 長閑（　　）季節［　］
2 公魚（　　）季節［　］
3 孑孑（　　）季節［　］
4 躑躅（　　）季節［　］
5 石楠花（　　）季節［　］
6 簗（　　）季節［　］
7 蝸牛（　　）季節［　］
8 海胆（　　）季節［　］
9 紫雲英（　　）季節［　］
10 蚕豆（　　）季節［　］
11 水鶏（　　）季節［　］
12 涅槃会（　　）季節［　］
13 鱚（　　）季節［　］
14 辣韮（　　）季節［　］
15 満天星の花（　　）季節［　］
16 斑雪（　　）季節［　］

解答と解説

1 のどか／春　2 わかさぎ／春
3 ぼうふら／夏　4 つつじ／春
5 しゃくなげ／夏　6 やな／夏
7 かたつむり／夏　8 うに／春
9 げんげ／春　10 そらまめ／夏
11 くいな／夏　12 ねはんえ／春
13 きす／夏　14 らっきょう／夏
15 どうだんのはな／春
16 はだれ／春

1 静かでのんびりしている様子。
2 食用の淡水魚です。
3 蚊の幼虫です。
4 晩春から初夏にかけて咲く花。
5「石南花」と書くこともあります。
6 鮎を獲るための仕掛けのこと。
7「ででむし」と呼ばれることも。
8「雲丹」は加工食品を指します。
9 れんげの花のことです。
10 サヤが蚕（かいこ）に似ているのが由来。
11 水辺に生息し、鳴き声が独特。
12 釈迦の死を追悼する法要。
13 浅海の砂底にいる淡白な味の魚。
14「辣韮の花」は秋の季語です。
15 スズランに似た花の低木樹。
16 積もった雪がまだらに残る状態。

問

つぎの語句は読み方がむずかしいと思われる秋と冬の季語です。読み仮名をふり、季節を考えてください。読めないものは辞書や歳時記で調べましょう。

1 啄木鳥（　　）季節［　］
2 通草（　　）季節［　］
3 蟋蟀（　　）季節［　］
4 蟀蚸（　　）季節［　］
5 嚔（　　）季節［　］
6 芋茎（　　）季節［　］
7 鶉（　　）季節［　］
8 竜胆（　　）季節［　］
9 湯婆（　　）季節［　］
10 棗（　　）季節［　］
11 行火（　　）季節［　］
12 水涸る（　　）季節［　］
13 悴む（　　）季節［　］
14 霰（　　）季節［　］
15 胼（　　）季節［　］
16 女郎花（　　）季節［　］

解答と解説

1 きつつき／秋　2 あけび／秋
3 こおろぎ／秋　4 ばった／秋
5 くさめ／冬　6 ずいき／秋
7 うずら／秋　8 りんどう／秋
9 たんぽ／冬　10 なつめ／秋
11 あんか／冬　12 みずかる／冬
13 かじかむ／冬　14 あられ／冬
15 ひび／冬　16 おみなえし／秋

1 くちばしで幹を突く鳥です。
2「通草の花」は春の季語です。
3 こおろぎは「ちちろ虫」とも。
4「はたはた」とも読みます。
5 くしゃみのことです。
6 サトイモの茎のことです。
7 キジ科の小型の鳥。食用にも。
8 青むらさき色の秋の代表花です。
9 湯たんぽのことです。
10 紅熟した実は食用や薬用に活用。
11 暖房用品のひとつです。
12 河川・湖沼の水が減ること。
13 寒さで手足の動きがにぶる状態。
14 雪の結晶に水滴が付着したもの。雪が溶けかけたものは霙（みぞれ）。
15 晩冬の季語。「皸」はあかぎれ。
16 黄色の小花で秋の七草のひとつ。

今日の一句

いままでに使ったことのない季語を入れて俳句をつくってみましょう。歳時記を見て、これまで読み飛ばしていた季語をあえて使ってみると、いままでとは違った発想を得られることもあるでしょう。

今日の名句

おそるべき君等（きみら）の乳房夏来（きた）る

西東三鬼（さいとうさんき）

季語　夏来る　季節　夏

昭和二十年代初頭の作品です。戦争が終わり、それまで慎ましやかだった女性が自由にさっそうと闊歩できる時代がやってきたのです。薄着になる夏、胸を張った女性の乳房に生命力を感じたのでしょう。乳房を「おそるべき」と表現しています。

俳句で避けたい題材について

俳句は、どのようなことでもテーマとなりますし、なにを詠んでもよいのですが、社会的な常識として避けたほうがよい題材があります。

まず、基本的に、性別、身体、年齢、障害、国籍などで差別意識につながる題材やことばは、取り上げるべきではないでしょう。

読む人を不快にさせたり、異性などに対してのセクハラ的な描写も避けましょう。作者の品性を疑われてしまっては、共感を呼ぶどころではなくなってしまいます。俳句は文芸ですから、文芸の作者としての品格は保っておきたいものです。

俳句では、死や病気など人生の暗い面を題材にしたものもよくあります。そういったものは、暗すぎて救いようのない内容や、悲惨すぎる内容にならないよう注意が必要です。ユーモアを感じさせるものにしたり、希望や余韻を残したりするなど、ひと工夫が大切です。

発見を楽しむ吟行のしかた

吟行（ぎんこう）とは、俳句をつくる目的でいろいろな場所に出かけることをいいます。

俳句は机に向かって、わき目も振らずに頭をひねってつくるというよりも、生活のなかでの気づきをきっかけにしたり、風物を観察することで生まれたりすることが多いようです。

外へ出れば、環境も気分も変わります。体を動かせば、頭も活性化してくるでしょう。俳句をつくろうという気持ちで周囲を観察すれば、ふだん当たり前に見ていたものが新鮮に見えてきたりもするはずです。吟行によって、新しい切り口や表現を思いつくことがあるのです。

吟行というと、名所旧跡や文学、歴史に関係がありそうなところがふさわしいと思うかもしれませんが、特別な場所に出かけなくてもかまいません。公園でも、見慣れた近所でも、基本的にどこでもよいのです。

吟行に行くときは、季節や天気に応じた服装で、つぎのようなものを用意するとよいでしょう。

- ノート、筆記具、歳時記、辞書
- 天気によって帽子や雨具
- 水分補給のための水筒やペットボトル
- 必要があればお弁当やお菓子類　など

荷物はできるだけまとめて、ショルダーバッグかリュックでひとつにし、両手があくようにしておくと安全で便利です。集合時間や場所、食事をどうするかなどは、参加者で相談して事前に決めておきます。

現地では自由行動ということも多く、たくさん歩くことも少なくありません。靴は軽く疲れにくいものを選び、女性ならヒールの高くないものがおすすめです。はき慣れた靴にしましょう。

吟行のあとは、どこか近くに場所を設け、そこでつくった句を出し合い、句会（▼126ページ）と同様に批評・鑑賞などをします。句会と吟行をあわせて行うこともよくあります。

俳句は季節の表現です。ぜひ外に出て感じたことを俳句にしてみてください。

第4週

完成度を高める見直し方を学びましょう

俳句で大切なことは、つくった句の見直しです。
最終週では、どんな点に注意して見直したらよいのかを学びます。
自作の句をブラッシュアップさせるコツを覚えましょう。

第4週で学ぶこと

完成度を高める見直しの手法を学びます

俳句をはじめて、この週でそろそろひと月になります。ここでは、よりよい作品に仕上げるために、必ず必要となる見直しの手法を学びましょう。

1週目でも述べたように、俳句は最初から納得のいく作品ができるわけではありません。つくったあとも見直しをし、語句の選び方や並べ方がベストかどうか、俳句らしいリズムや趣があるかどうか、試行錯誤しながら仕上げていくものです。これは上級者でも、プロの俳人でも、みんな同じです。

とくに、新聞や雑誌などに応募したり、句会に参加したりする場合は、俳句の形として整っているか最低限のチェックをしなければなりません。応募条件にあっているか、誤字・脱字はないか、ことばの使い方に間違いがないかなど、いろいろありますから、歳時記や辞書で確認することが大切です。慣れていない人ほど、自分の間

4週目の構成

違いには気づきにくいものです。
もちろん句の内容自体も、見直しをすることで別の視点が見えてくることもあります。新鮮なものに生まれかわる可能性が、おおいにあるでしょう。

最終となるこの週では、見直しの方法を学んでいきます。どういった点に注意して見直しをしたらよいか、どう手直しをすればよいか、添削例を参考にしながらコツをつかみましょう。

見直しのポイントを学んだら、これまでの【今日の一句】でつくってきた俳句を見直してみましょう。自分のつくった句をチェックしてみてください。着実にレベルアップしていることが実感できると同時に、時間をおいて何度か見直すことで、完成度の高い俳句に仕上がっていくことでしょう。

推敲にチャレンジする問題が設けられています

推敲とは、つくった句を見直して手直しする作業です。この週では毎回、見本の句を推敲する問題が設けられています。推敲問題には絶対的な正解はありませんが、解答例を参考にしながら、見直しするポイントを学んでいきましょう。自分の句の完成度を高める練習になります。

この週の［今日の一句］は注意すべき点を意識しましょう

初心者が見逃しやすい点をテーマにしていますので、意識して一句をつくっていきましょう。最初から完成度の高いものを目指さずに、時間をおいて推敲し、ブラッシュアップしましょう。

今週の目標

どこを意識して見直せばよいのか、ポイントを知りましょう。
自分の俳句を見直してブラッシュアップしましょう。

第4週 1日目

俳句は必ず推敲しましょう

手紙は書いたものをそのまま投函せずに、翌日読み返してみるとよいなどといいます。ただ勢いにまかせて書いていたり、書いている内容に対して思い込みが強すぎていたり、見直したからこそ発見できることがあります。

書いたものを読み返し、ことばを吟味することを「推敲」といいます。俳句は、つくって終わりではなく、必ず推敲が必要です。誤字やことばの間違いを確認するのはもちろんですが、内容も吟味します。自分の思い込みだけでつくった句では、共感してもらいにくいでしょう。

推敲の例としてよく取り上げられるのが芭蕉の句です。

閑さや岩にしみ入る蝉の声

この句は、実は何度も推敲を重ねた結果生まれたものなのです。完成前の句にはつぎのようなものがあります。

1　山寺や石にしみつく蝉の声
2　淋しさの岩にしみ込せみの声
3　さびしさや岩にしみ込蝉のこゑ

1は、先に挙げた有名な句と比べるとごく普通の表現といえるでしょう。とくに印象に残る光景ではありません。「石にしみつく」では美しい趣も感じられませんし、推敲の余地は十分ありそうです。

2や**3**では、漢字を仮名に変えて表記の見せ方でも工夫しようとしていることがうかがわれますが、やはり岩と蝉の声が中心になっています。

これら推敲の途中の句に比べると、「閑さや」で始まる完成形は、世界が広がっているように感じられます。周囲の静けさを蝉の声が強調していて、印象的な光景が想像できます。

俳句づくりは、ことばの選び方にポイントがあります。**季語は適切か。ありきたりの表現になっていないか。むだなことばはないか。推敲はさまざまな角度からチェックすることが必要**です。できた句は満足のいくまで推敲することが、上達への一歩です。

問

つぎの句の傍線部を、ほかの表現に書きかえてください。傍線部が季語の場合、ほかの季語で当てはまりそうなものを探してみましょう。季語以外の語句の場合は、対象物の様子をあらわす表現を考えてみましょう。

1 カフェオレの泡たつぷりと冬隣

2 身にしむや標(しるべ)薄るる標石(しるべいし)

3 ゆるやかに砂の動きて泉湧く

4 春風や広がるフォークダンスの輪

5 うららかや音立て崩すミルフィーユ

解答と解説

確実な正解はありませんが、つぎのような語句を参考にして、自分なりの表現をみつけてみましょう。

1 泡に角立つ／泡の真白き／泡の崩るる　など
泡の様子を詠んでいます。色や状態を表現してみましょう。

2 露けしや／凩や／黄落や　など
「標石」は道標の石のことですから、屋外の様子をあらわす季語でもよいでしょう。「薄るる」は、「薄れる」ことです。

3 こまやかに／なめらかに／ざらざらと　など
砂の状態をあらわしています。感触、動き方を想像してみましょう。

4 木の芽風／キャンプの火／新涼や　など
「フォークダンス」から想像をふくらませてみましょう。

5 春の昼／秋澄むや／冬蝶や　など
ミルフィーユの状態から、イメージをふくらませてみましょう。

問

例を参考にして俳句の手直しをし、推敲例を書き込んでください。語句の順番を入れ替えたり、別のことばに差しかえてもかまいません。切字の使い方に注目してみましょう。

例

原句　顔洗ふ今朝の水かな冬はじめ

推敲例　立冬の水音立てて顔洗ふ

冬へと季節が移り変わったことを、顔を洗ったときの水の冷たさに感じています。切字「かな」は中七に用いないほうがよいですね。顔を洗うのも朝だとわかるので「今朝の水」も工夫したいところです。

1

原句　じつとして動かぬ鳩や日暮れかな

推敲例

2

原句　立冬やひとり珈琲淹(い)れにけり

推敲例

解答と解説

推敲例のひとつです。参考にしながら、自分なりに推敲してみましょう。

1　じつとして動かぬ鳩や冬夕焼

原句には、「や」「かな」と切字がふたつ入っています。切字は、一句にひとつが基本です。また、季語がありませんので、季語を入れて、俳句の基本の形である有季定型にしましょう。下五は「ふゆゆやけ」と読むと五音です。

2　一人分淹れる珈琲冬に入る

1と同じように、原句には「や」「けり」と切字がふたつ入っていますので、それを解消しましょう。「立冬」を「冬に入る」と別のいい方に変えてみました。

今日の一句

固有名詞を入れた句をつくってみましょう。俳句に入れる固有名詞は、よく知られている地名、建物、人物、書物などが適しています。固有名詞は正しく用いましょう。

今日の名句

みちのくの淋代（さびしろ）の浜若布（わかめ）寄す

山口青邨（やまぐちせいそん）

季語 若布　季節 春

「淋代」は青森県三沢市の海岸で、現在は、松原の防風林の美しさから「白砂青松（はくしゃせいしょう）100選」にも選ばれています。北国の海岸に若布が打ち寄せる春が到来した状況を詠んでいますが、淋代という地名の語感が春の明るさとは反対のもの寂しさを募らせます。

俳人のペンネーム「俳号」をもちましょう

俳句をつくるときの雅号（がごう）（ペンネームのようなもの）を俳号（はいごう）といいます。芭蕉、一茶、子規などはみな俳号です。

俳句をつくるときは、気分を切りかえてふだんとは違う姿勢をとりたいと思う人もいるでしょう。そういう場合に俳号があると便利です。俳号はプロの俳人だけのものではなく、俳句を詠む人ならだれでも、初心者でも、もってよいのです。

本名をもじった俳号はよくあります。虚子（きょし）は本名の「きよし」をもじったものです。「くさった男」で草田男（くさたお）など、駄洒落（だじゃれ）や好きなことば、文字を使うのもおもしろいですね。

ところで、俳句をつくる人たちが集まる句会では、お互いをファーストネームで呼び合うのが慣習です。現実の職業や立場などに関係なく、俳句はみんな対等だということを示しています。もちろん、本名でも問題ありません。

第4週 2日目

表記の使い分けを意識していますか？

日本には、漢字、ひらがな、カタカナと三種類の表記があります。**俳句をつくるときは、文字での書き表し方をどうするかも、つねに意識したい重要な要素のひとつ**です。

同じことばでも、桜、さくら、サクラと三通りの表記ができますが、見た目が違うだけでなく、ことばのイメージやニュアンスも異なってきます。

をりとりてはらりとおもきすすきかな　飯田蛇笏（いいだだこつ）

「すすき」は「芒」と漢字で書くことも多いのですが、この句はすべてをひらがなにしているのが大きなポイントになっています。すすきの軽くやわらかそうなイメージが、ひらがなのもつやさしい印象と重なります。

たとえば、〈折り取りてはらりと重き芒かな〉と、漢字を使った表記では、たおやかなすすきの感覚が弱まり、句の趣も伝わりにくくなります。

本来であれば、ふだん漢字で書くことばは、そのまま漢字で書くほうが意味が伝わりやすくなります。しかし俳句の場合は、ひとつの句に漢字ばかり詰め込むと読みにくく、見た目にもかたくなり、いかめしい印象を与えてしまうこともあります。あえて漢字のおもしろさをねらって漢字を並べる句もありますが、**初心者のうちは漢字を使いすぎないようにするのもコツ**です。

ひらがなはやわらかく、漢字はかたいというのが一般的な印象です。ひらがなと漢字をどう配分するかは、それぞれの句ごとに、どういうことを伝えたいのかを考えて表記を決めましょう。

原則として、カタカナは、外来語や外国の固有名詞以外では使いません。擬音語や擬声語も、ひらがなにするほうが俳句らしい味わいが出ます。

なお、俳句では通常、漢字にふりがなはつけません。複数の読み方がある漢字の場合は、音数やリズムなどで、どう読むべきか推測できます。ですから、当て字の読み方を想定した俳句はなるべく避けるようにしましょう。

問

つぎの季語を、漢字のものは仮名表記に、仮名のものは漢字表記にしてください。季節も調べましょう。わからないものは、歳時記や辞書で確認しながら考えてみましょう。

1 時雨 □ 季節 □

2 燕 □ 季節 □

3 むくげ □ 季節 □

4 うちわ □ 季節 □

5 海豚 □ 季節 □

6 蒲団 □ 季節 □

7 かび □ 季節 □

8 きくらげ □ 季節 □

9 林檎 □ 季節 □

10 山葵 □ 季節 □

11 ひばり □ 季節 □

12 かきつばた □ 季節 □

13 南瓜 □ 季節 □

14 蕪 □ 季節 □

15 しだ □ 季節 □

16 しゃくやく □ 季節 □

解答と解説

1 しぐれ［冬］ 2 つばめ［春］
3 木槿［秋］ 4 団扇［夏］
5 いるか［冬］ 6 ふとん［冬］
7 黴［夏］ 8 木耳［夏］
9 りんご［秋］ 10 わさび［春］
11 雲雀［春］ 12 杜若［夏］
13 かぼちゃ［秋］ 14 かぶ［冬］
15 歯朶［新年］ 16 芍薬［夏］

1初冬に降ったり止んだりする雨。2「夏燕」は夏、「燕帰る」は秋の季語。3木槿は朝に咲き夕方にしぼむので、はかない印象の花です。4秋になり使われなくなったものは「秋団扇（あきうちわ）」といいます。5夏のイメージですが冬の季語。6「布団」と書くことも。7夏の高温多湿の時期に発生します。8きのこの一種。9晩秋の季語です。10栽培所は「山葵田（わさびだ）」といいます。11空高く舞い上がる姿は「揚雲雀（あげひばり）」といいます。12「燕子花」と書くことも。13「唐茄子（とうなす）」ともいいます。14「かぶら」ともいいます。15正月の飾り物で使われます。16牡丹（ぼたん）に似ていますが、牡丹は木で芍薬は草。

問

例を参考にして表記を変えたほうがいいと思う語句を手直しし、推敲例を書き込んでください。読みやすさや、ことばのもつイメージを意識して考えてみましょう。

例

原句 英語辞書頁(ページ)繰(く)る指悴(かじか)みて

推敲例 英語辞書ページくる指悴みて

漢字が並んで読みにくくなっています。「頁」をカタカナにし、「繰る」もひらがなにしました。「悴み」は一般的には読みにくい漢字の部類かもしれませんが、俳句ではよく用いられます。

1

原句 蒲公英(たんぽぽ)や種子の行方(ゆくえ)を知らざりき

推敲例

2

原句 雨上がり虹の階雲(きざはし)に消ゆ

推敲例

解答と解説

推敲例のひとつです。参考にしながら、自分なりに推敲してみましょう。

1 たんぽぽや種子のゆくへを知らざりき

「蒲公英」など植物の名前は、漢字で表記することも多いのですが、この句は、蒲公英の綿毛を詠んでいますので、やわらかなイメージを強調するため、ひらがなに直してみました。「行方」もひらがなのほうが、飛んで消えてしまう印象が感じられます。

2 雨あがり虹のきざはし雲に消ゆ

「階」は「かい」とも読みますが、音数から考えても「きざはし」です。しかし、一般的には読みにくいのと、「階雲」と漢字がつながると、こういうことばがあるのかと誤解もされそうです。ひらがなにして読みやすくしました。「雨上がり」も、虹のやさしいイメージと合わせてひらがなにしました。

今日の一句

色を感じさせる句をつくってみましょう。具体的な色を入れてもいいですし、色のもつイメージをことばで表現するのもよいでしょう。漢字、ひらがな、カタカナの表記の使い分けを意識してみましょう。

今日の名句

美しき緑走れり夏料理

星野立子（ほしのたつこ）

季語 夏料理　**季節** 夏

夏料理は、ガラス食器や竹かごなどに盛ったり、氷を敷いたりして、涼しさを感じさせる冷製の料理です。「美しき緑」は緑の夏野菜や懐石料理などに使われる笹の葉、色つきそうめんかもしれません。夏の暑さを忘れさせてくれる透明感のあるひと皿だったのでしょう。

俳句特有のことばを使ってみましょう

日常では目にすることがなくても、俳句ではよく使われる特有のことばや古語があります。

たとえば、あじさいは「四葩（よひら）」、水たまりは「潦（にわたずみ）」、動物園は「獣園（じゅうえん）」、おたまじゃくしは「蝌蚪（かと）」、こうろぎは「ちろろ・ちろろ虫」、地震は「なゐ」、くもの巣は「蜘蛛の囲（くものい）」などといいます。

このようなことばは、ふだんなじみがなくても、俳句に親しむ人であればイメージが想像できる独特のニュアンスや意味合いを持っています。また、短く表現したことばが多いため、音数を節約するのにも便利です。

表現に情感を込めるときや、音数やしらべを調整するためにことばをかえるときには、こういったことばを知っていると幅が広がります。

俳句特有というものではありませんが、「妻・夫」はともに「つま」と読ませることが多いです。これは古語に由来した読み方です。

第4週 3日目

ありがちな表現を使っていませんか？

俳句は、ことばの選び方やその組み合わせに新鮮な発想が求められる文芸です。そのため、**慣用句や四字熟語のような決まり文句は、なるべく使わないほうがよいでしょう。**

「夢のよう」「絵のよう」などのような、ありきたりな比喩（▼82ページ）も、おもしろみに欠けてしまいます。

俳句の比喩表現では、よく「〜のごとく」という言い回しが使われるため、「如(ごと)く俳句」ということばがあります。もちろん、悪い意味ばかりではありませんし、見事な比喩で知られる俳句もたくさんあります。ただ、プロの俳人によっては、如く俳句は認めないと考える人もいるようです。

比喩を多用しすぎず、対象を観察し、伝えたいことに焦点を絞れば、比喩に頼らなくてもよい俳句はつくれるはずです。

また、自分の感情を表現するときに、**「うれしい」「楽しい」「悲しい」などストレートに気持ちをあらわす形容詞を使うのも避けましょう。**「うれしい」のことばがなくても、読み手が「この作者はうれしいのだな」と想像できることば選びが必要です。**ラブソングの歌詞のような甘い表現や、子どもや孫のかわいさを詠んだものも、平凡になりがち**ですので注意しましょう。

これまで数え切れないほど多くの俳句が作られ、ほとんどのことは俳句の題材として詠まれています。ですから、簡単に思いつきそうなことや表現は、すでにほかの人によって詠まれていると考えておくとよいでしょう。

もとになる発想や着眼点の似ていることを「類想(るいそう)」といいます。類想はいわゆる「人まね」ともいえるもので、俳句では避けなければいけないものとされます。奇抜さをねらうわけではありませんが、ことばを吟味し、なるべく人の思いつかない対象や表現を探そうという意識をもつことが大切です。ただ、類想を避けることばかり気にしすぎると、俳句に取り組むこと自体がむずかしくなります。初心者のうちは臆せずにつくってみましょう。

問

つぎのことばを使って俳句をつくってください。ことばのイメージを自分なりにふくらませ、ありきたりな表現にならないよう意識しましょう。

1 昼寝

「昼寝」は夏の季語です。夜の睡眠とは異なり、夢うつつな少しはかないイメージを伴いますが、酷暑の時期に疲れを取る役目もあります。

2 弁当

「弁当」は季語ではありませんので、季語が必要です。まずは、弁当をテーマにどんなことを句に表現するか考え、その表現に合う季節を考えてみましょう。

解答と解説

1 「舟を漕ぐ」「睡魔に襲われ」「眠気に誘われ」などは慣用的ないい回しです。できれば違う表現を探してみましょう。「昼寝」を使った俳句の例です。

昼寝して手の動きやむ団扇かな　杉山杉風

昼寝覚うつしみの空あをあをと　川端茅舎

2 季語は入れられたでしょうか。「遠足」や「運動会」などの季語は、「弁当」のイメージと重なりすぎてしまうので、つきすぎ（▼74ページ）にならないよう注意しましょう。「弁当」を使った俳句にはつぎのようなものがあります。

教科書に弁当の染み二月尽　齊藤泥雪

弁当の輪ゴム飛びゆく五月の空　野木桃花

問

例を参考にして、ありがちな表現を別の表現に手直しし、推敲例を書き込んでください。語句の順番を入れ替えてもかまいません。新鮮な表現を探してみましょう。

例

原句　初冬（はつふゆ）の魚（うお）の煮付けの旨さかな

推敲例　初冬や魚の煮付けに酌（く）みはじむ

おいしい料理を素直に「旨さかな」といいたい気持ちはわかりますが、そこをぐっとおさえて、おいしさがほかの表現で伝わるように工夫しましょう。おいしい煮付けを肴（さかな）に一杯といった雰囲気を出してみます。気持ちではなく具体的な様子の表現にすることによって、場面がいきいきと見えてきます。

1

原句　紅葉（こうよう）や山のふもとの裾模様

推敲例

2

原句　蜜豆や四方山（よもやま）話に花咲きて

推敲例

解答と解説

推敲例のひとつです。参考にしながら、自分なりに推敲してみましょう。

1　山裾の色とりどりに紅葉狩（もみじがり）

「山のふもとの裾模様」は、童謡「もみじ」の歌詞の一部です。「裾模様」とまとめて表現せずに、「色とりどり」と具体的な状況に置きかえました。「紅葉」は、「こうよう」と「もみじ」の読み方があります。

2　蜜豆や四方山話きりもなく

「話に花咲きて」は「話に花が咲く」という慣用句の表現なので避けます。「きりもなく」は「きりがないほどおしゃべりをしている」という意味になります。

今日の一句

音を感じる俳句をつくってみましょう。音が出るものや動物の鳴き声をテーマにしてもよいですし、音をオノマトペで表現してもよいでしょう。ありがちな表現にならないよう意識してください。

今日の名句

蝉時雨子は担送車に追ひつけず　石橋秀野

季語 蝉時雨　季節 夏

たくさんの蝉が鳴いて、まるで雨が降るように聞こえる状態を「蝉時雨」といいます。「担送車」とは救急車のことです。救急車で運ばれて行く作者。それを必死に追いかけて小さい子どもが走りますが、追いつきません。生命力あふれる蝉の鳴き声と病者の悲劇的なシーンが対照的に描かれています。石橋秀野は俳句研究者の山本健吉の妻で、このような句を残して38歳で病没しています。

「挨拶句」をつくってみましょう

俳句には「挨拶句」というものがあります。挨拶句は、相手を気遣ったり、ねぎらったり、感謝したり、その場にいる人へ呼びかけるような俳句です。芭蕉の有名な句にも、各地での句会に招かれ、座の人々への挨拶として披露したものが少なくありません。

人と知り合ったとき、贈り物をもらったとき、あるいは、身近な人々に、入園、入学、卒業、結婚、出産、祝いごとなどがあったとき、それらに際して俳句をつくるのも挨拶句のひとつといえます。俳句をつくるのによい機会でもあるでしょう。

なお、挨拶は人間に対してだけのものではありません。はじめて訪れた場所や自然、風景に対して、挨拶するかのような気持ちで俳句をつくれば挨拶句になります。

挨拶句をつくるときは、相手のことを思い、その思いを季語で表現すると考えればよいでしょう。

第4週

4日目

正しいことばを使っていますか？

自分のつくった俳句を推敲(すいこう)するときは、内容や表現だけでなく、ことばの点からのチェックが欠かせません。とくに、日常ではなじみのない文語（▼24ページ）や、旧仮名遣い（▼28ページ）を使った俳句は、**文法的な確認も必要**となるでしょう。

文語で間違えやすいのは、助動詞「つ」「り」「べし」「けり」「き」などが、ほかの動詞と接続したときの使い方です。長く俳句を続けていても、文語を使いこなすのはむずかしいものです。一句を仕上げるときに、そのつど文語の活用表を見たり、辞書と相談したりしながら、正しい用法で使えるよう気をつけていくとよいでしょう。仮名遣いについては、**ひとつの句に旧仮名遣いと新仮名遣いが混在していないか**も、意外と見落としがちな点です。

3週目までに学んだこと以外にも、ことばの使い方で注意しなければいけないことがいくつかあります。

まず、**俳句では、基本的に辞書にないことばは使えません**。ですから、自分でつくった造語（▼113ページ）も使わないようにしましょう。

また、歌謡曲の歌詞などにあるように「時代」を「とき」と読ませたり、「秋桜」を「コスモス」と読ませたりすることはしません。「秋桜」はそのまま「あきざくら」と読みます。

造語かどうか、漢字の正しい読み方などは、やはり辞書で確認することが大切になります。

なお、**日本語以外の外国語の文字や数字、記号を使うことは許容されています**。ただ、一般的ではないですし、効果的な使い方がむずかしいため、初心者は控えたほうがよいでしょう。

1週目に学んだことのおさらいになりますが、俳句は、文字の間をあけたり、行を分けたりせず、一行の縦書きで書くのが基本です。

携帯電話やパソコンを使うことに慣れている人は、文章を横書きにすることが多いと思います。しかし、俳句は縦書きですから、**数字は漢数字を使うほうが自然**です。

問

つぎの句で、避けたほうがよいことばや表記の使い方をしている部分に傍線を引き、別のことばに置きかえた句を書き込みましょう。

1　理由（わけ）もなく河原に出れば夏の風

2　1本の樹に鳴いている秋の蝉

3　イクメンになりたる夫（つま）や鯉のぼり

解答と解説

置きかえることばに正解はありません。つぎの解答例を参考にして、自由につくり直してみましょう。

1　わけもなく河原に出れば夏の風
「理由」は「わけ」とは読みませんので、ひらがなにしました。

2　集落の一樹に鳴いて秋の蝉
意図的にアラビア数字を使う句もありますが、この場合は漢数字のほうが自然です。「1本の樹」を「集落の一樹」にして、秋のさびしさを強調してみました。

3　子育ての得意な夫や鯉のぼり
「イクメン」は、育児を積極的に行う男性のことで「育児を楽しむメンズ」の略語です。時事用語では「育メン」などと使われることもありますが、俳句での使用はまだ認められにくいでしょう。

問

次の句の新仮名遣いを旧仮名遣いに直してください。例を参考にして、推敲例の枠に旧仮名遣いでの句を書き込みましょう。

例

原句 歳末の賑わいよそに昼寝かな

推敲例 歳末の賑はひよそに昼寝かな

ことばの途中や最後につく「わ」「い」は、「は」「ひ」になることが多く、「賑わい」も「賑はひ」となります。「は」「ひ」にならないものには、「ざわめく」「たわむ」「美しい」「老いる」などがあります。

1

原句 火のような花咲いている刈田（かりた）かな

推敲例

2

原句 口癖を言うては墓を洗いおり

推敲例

解答と解説

1 火のやうな花咲いてゐる刈田かな

2 口癖を言うては墓を洗ひをり

1 「ような」を「やうな」、「いる」を「ゐる」と直します。「ような」は「やふな」とはならないので注意しましょう。「咲いて」は「咲ひて」や「咲ゐて」にはなりませんので注意しましょう。

2 「洗いおり」を「洗ひをり」と直します。「言う」の文語は「言ふ」ですから、「言うて」の部分を「言ふて」にした人がいるかもしれませんね。しかし、動詞のあとに助詞「て」が接続するときは、「言ふ」は連用形になり「言ひて」となるのが正解です。これが発音の便宜上「言うて」と変化しました。「う」に変化したので「ウ音便」です。ウ音便の「う」は「ふ」にはしません。「ふ」に変化しない「う」の形として覚えておきましょう。

今日の一句

味覚を感じるような句をつくってみましょう。味を表現してもよいですし、句の情景から料理を想像できるもの、味を思い出せるものなどでもよいでしょう。正しいことばづかいになっているか最後に確認しましょう。

今日の名句

梨むくや甘き雫(しずく)の刃を垂(た)るる

正岡子規(まさおかしき)

季語 梨　**季節** 秋

包丁で梨をむくと、甘そうな果汁が刃をつたって、雫になって滴り落ちます。みずみずしい果物の様子が伝わってきます。作者は、若くして病床に伏し、亡くなるまで寝て過ごしていました。食事を楽しみにしており、俳句にもよく詠んでいます。

辞書にない造語は避けましょう

俳句は十七音の詩であるともいえますが、詩と違うのは、俳句にはことばのあつかい方に一定のルールがあるということです。詩では、通常、自分でつくったことばである「造語」を自由に使うことができます。ところが俳句では、造語は不可とされます。俳人の句には造語を使ったものもありますが、一般的にはほとんど認められていません。

たとえば、年老いた犬を「老犬」というところから、年老いた象という意味で「老象」ということばを思いついたとしても、一般的ではありませんし、辞書にも出ていませんから句に使うことはできません。

辞書にないことばを自分勝手につくってはいけないということは、正しい日本語を守るためのマナーのようなものかもしれません。推敲で練り直し、認められたことばから吟味して選ぶことも俳句のおもしろみではないでしょうか。

季語を正しく使っていますか？

俳句にとって季語は、一句のなかでもっとも重要で中心的な存在であるといえます。そのため、季語は適切に使うことが大切です。

日常的に使っており、一見すると季節を限定しないようにみえることばでも、季語となっているものがあります。たとえば、「ぶらんこ」「しゃぼん玉」は春、「髪洗う」「香水」は夏、「火事」は冬、「さわやか」は秋の季語です。一方、季語だと思っていたものが、そうではなかったという勘違いもよくあります。

気づかないまま不用意にことばを並べてしまうと、季重なりの句（▼23ページ）になってしまったり、季語のない無季俳句（▼11ページ）になってしまったりすることが起こります。

また季語は、**現代の季節感と少しずれているものも多いので、季節を間違えて使ってしまうこともあります**。確実に理解できるまで、歳時記や辞書で確認しましょう。

推敲する際には、季語の季節があっているかを確認するだけではありません。季語に「本意」があることは前に説明しました（▼77ページ）。

たとえば、「秋の空」という季語があっても、文字通りの単純な「秋の空」ではありません。晴れでも雨でもくもりでも、あるいは朝でも夜でも、等しく秋の空であれば、「秋の空」という季語を当てられるわけではなく、秋の季節の澄み切ったさわやかな空が「秋の空」なのです。

本意をきちんと理解したうえで、正しく適切に使うことを忘れないようにしましょう。

俳句のなかで季語が実体として使われていない場合は、季語としてはあつかわれません。たとえば、「りんごの静物画が部屋にかかっている」という内容を句に詠んだ場合、「りんご」ということばが入っていても、それは静物画のことを指しますから、季語としての機能は果たしていません。「目の前にあるりんご」を表現する句であれば、りんごは季語になります。

問

つぎの句の空欄に、選択肢から合いそうな季語を選んでください。句のイメージに合う季語を選びましょう。

1 出発のゲート賑はふ［　　］

2 早朝の訃報電話や［　　］

3 頬づえをつくマネキンの［　　］

4 ［　　］や無言で並ぶ停留所

5 ［　　］や太極拳ののびやかに

6 ［　　］や短き手紙添へられて

選択肢

凩（こがらし）　新米　春隣（はるどなり）　秋晴（あきばれ）　梅雨に入（い）る　春ショール

解答と解説

1 春隣　2 梅雨に入る　3 春ショール　4 凩　5 秋晴　6 新米

1の「春隣」は「春」という文字がありますが冬の季語です。春がもうすぐそこまできているという意味です。新しいスタートを連想させる句です。2の「梅雨に入る」は夏の季語です。雲におおわれた梅雨空と「訃報電話」がしんみりさせる句です。3の「春ショール」は防寒用ではない、おしゃれのためのショールで春の季語です。4の「凩」は初冬の季節風です。激しい音を立てて強く吹きまくる風ですが、「無言」ということばと合わせたことで引き立っています。5の「秋晴」は、澄んで晴れ渡った空で、さわやかで明るいイメージをともないます。「のびやかに」ということばにぴったりです。6の「新米」は今年収穫した米のことで、九月下旬～十月の晩秋の季語です。ふるさとから毎年送られてくる新米なのでしょう。「短き手紙」が気のおけなさを感じさせます。

問

季語の使い方が適切になるよう手直しし、推敲例を書き込んでください。まずは、どれが季語なのかを探しましょう。

例

原句 秋惜しむ妻亡き後のひとり言

推敲例 露けしや妻亡き後のひとり言

話しかければ答えてくれていた妻が亡くなり、独りになってしまったことを詠んだ句です。ぽつりとこぼしたひとり言が一層寂しさを誘います。「秋惜しむ」に妻を惜しむ気持ちを重ねるのは無理がありますね。「露けしや」としてその寂しさを際立てましょう。「露」は亡き人のことを思わせます。

1

原句 冬越えて三色菫寄り添ひぬ

推敲例

2

原句 一本の百合活けて夏来たりけり

推敲例

解答と解説

推敲例のひとつです。参考にしながら、自分なりに推敲してみましょう。

1 ひだまりに三色菫寄り添ひぬ

「三色菫」は春の季語です。三色菫が咲いていたら、冬が終わって春になったことが伝わりますので、「冬越えて」はいわなくてもよいですね。「ひだまりに」など具体的なことばを入れると、詠んでいる人にも情景が浮かびやすくなります。

2 白百合の大き一輪瓶に挿す

「百合」と「夏来たり」は、どちらも夏の季語です。百合を活けることだけに焦点をしぼり、季重なり（▶23ページ）を解消しました。

今日の一句

視覚を刺激する句をつくってみましょう。ものの色や形、動きなど、対象をよく観察することが大事です。季語の用い方にも注意しましょう。

今日の名句

冬菊(ふゆぎく)のまとふはおのがひかりのみ　水原秋櫻子(みずはらしゅうおうし)

季語　冬菊　季節　冬

菊は秋の季語ですが、冬菊は小輪の遅咲種です。草花の少ない冬に、その冬菊だけが凛と立っているのでしょう。冬菊は、自身が放つきりりとしたオーラのような光だけをまとっていると詠んでいます。「まとふ」は着用するという意味で、冬菊を擬人化しています。

季語にする語句はどう決まるのでしょう

季語には、初心者にはどう用いてよいかわからないと感じるものも少なくないでしょう。

季語を集めた歳時記は、出版社や発行年、編者によって、収録されている季語に違いがあります。だからといって、正しい歳時記とそうでない歳時記があるわけではありません。

季語は、江戸時代にまとめられた「季寄せ(きよせ)」から受け継がれています。季寄せは、和歌以来の伝統のなかで、季節をあらわすことばがまとめられた季語集です。そこに、明治以降の俳人によって用いられ、認められた新しい季語が徐々につけ加えられてきました。ことばが古くなり、現代では使われなくなってしまった季語もあります。

季節に関係することばだからと、だれかの独断で季語とすることはできません。時間をかけ、多くの俳人が納得できて、はじめて季語と認められるときがくるのです。

第4週 6日目

不要なことばが入っていませんか？

俳句は十七音という限られた音数で表現しなければいけないため、**不要なことばや、わかりきったことばは削り、どうしても必要なことばや強調したいことばだけを使う**ことになります。たとえば、つぎのような句があります。

不忍（しのばず）の池に睡蓮（すいれん）浮いてをり

睡蓮が池に浮いているのは当たり前のことです。ですから、「池」や「浮いて」は説明が過剰で、なくてもよいことばといえます。

つぎの句はどうでしょうか。

軒先に雷の鳴る音を聞き

雷は鳴るものですし、鳴れば音はします。音は聞くものですから、「雷」とただ一語書くだけで、「音」「鳴る」「聞く」までを書かなくても、読み手は想像力で補って理解してくれます。不要なことばを削れば、伝えたいことを強調するほかのことばを入れることができますので、より深みのある句に変わる可能性もあるでしょう。

俳句のなかに音の出るものが登場したら、作者はその音を聞いていると考えるのが基本です。「見る（見える）」という表現も同様で、句のなかに登場するものを見ているから、作者は句に詠むのです。

ですから、**「聞く」「見る」などは、何気なく使ってしまう不要なことばの典型**といえます。同様に、**「思う」「考える」という表現もあまり使う必要はない**かもしれません。「する」「ある」「いる」なども、内容とあわせて、省けるものがあるかどうか立ち止まって考えてみたいところです。

不要なことばを使わないようにすると、いい回しが簡潔になるよう整理したり、同じ表現でも音数の少ないことばを選んだりすることになります。ただし、**長い単語を無理に略して使うことはやめましょう**。それは造語（▼113ページ）をつくることと同じになってしまいます。俳句では、造語は避けるべきものですから注意しましょう。

問

つぎの文章の内容を有季定型の俳句の形にしてください。詠みたい内容を絞り込み、不要なことばを削除しましょう。状況を具体的に表現すると、読み手にも情景が伝わりやすくなります。

1　オルガンの鳴る音を深い音色だなと思いながら聴いているクリスマス

2　荒梅雨（あらづゆ）の季節、広場には雨に打たれている三輪車が見える

解答と解説

同じ意味のことばや、いわなくてもわかることばを削るのがポイントです。例句を参考にしてみましょう。

1　オルガンの深き音色やクリスマス

「オルガン」というとその音が鳴っていることがわかります。読んでいる人にもオルガンの音が聞こえてきますね。その音がどんな音なのかを具体的に表現するのはよいことです。「深き音色」とすれば、そう感じていることはわかりますので、「思う」は省けますね。「クリスマス」が冬の季語で、クリスマスのミサなのか、コンサートなのか、読み手の想像がふくらみます。

2　荒梅雨や広場に残る三輪車

「荒梅雨」は「梅雨」と同じ意味です。「雨に打たれている」状況は「荒梅雨」という季語でわかりますので書く必要はありませんね。三輪車が置かれている場所を具体的にすると、情景が浮かびます。作者がその情景を見ているのは当然なので、「見える」は不要です。

問　例を参考にして、不要なことばや重複した表現を削除するなどの手直しをし、推敲例を書き込みましょう。

例
原句　蝉時雨聞こえて仕事手につかず
推敲例　蝉時雨キーボード打つ手を止めて

「蝉時雨」とするだけで、十分、蝉の鳴き声が聞こえてきますから、「聞こえて」は省けそうです。「仕事手につかず」を具体的に状況が見えるようにしてみましょう。蝉時雨にしばし耳を傾けて、仕事の手を休めている句に変えてみます。

1
原句　不揃ひの手袋残せし母想ふ
推敲例

2
原句　声出して音読する子や梅雨の入り
推敲例

解答と解説

推敲例のひとつです。参考にしながら、自分なりに推敲してみましょう。

1　母残しゆきし手袋不揃ひに
母の残した手袋を見ているのであれば、母自身のことも頭によぎっているのではないでしょうか。「想ふ」で終わってしまうと、作者の気持ちを述べただけということになってしまうため、手袋の存在感が残るように表現を変えてみましょう。

2　声出して本を読む子や梅雨籠
音読は声を出して本を読むことです。「声出して」と表現が重なりますね。「声出して本を読む子」とすっきりとさせましょう。季語は「梅雨入り」よりも「梅雨籠」のほうが部屋にいて本を読んでいる感じが出てきます。

今日の一句

臭覚を刺激するような句をつくってみましょう。香りのある食べ物や植物などを詠んでもいいですし、においを表現することばを考えてみるのもよいでしょう。不要なことばを整理することを意識してみましょう。

今日の名句

濡れて来し少女が匂ふ巴里祭

能村登四郎（のむらとしろう）

季語　巴里祭　季節　夏

「巴里祭」は七月十四日のフランスの建国記念の祝日ですが、この日を巴里祭と呼ぶのは日本だけです。待ち合わせの場所に雨に濡れながら走ってきたのでしょう。少女が放つかすかな香りが、なんともいえぬ雰囲気を醸し出しています。一般には「ぱりさい」と読みますが、音数のリズムによっては「ぱりーさい」と読むこともあります。

新しいことばは避けるほうがよいでしょう

私たちの生活においては、つねに新しいことばが生まれ、使われ、またすたれていきます。外来語も次々に取り込まれ、また、それらの略語なども使われます。

俳句では、新しい事柄を詠むことは歓迎されますが、新しいことばは距離を置かれがちです。新しいことばはどこまで定着するかわかりませんし、やがては使われなくなることもあります。

また、新しいことばを、文語体や旧仮名遣いをメインとした句に入れると、違和感が生じたり、リズムが合いにくくなったりするのも理由のひとつです。

幅広い年齢層に使われ、社会的にも認知されているように感じることばでも、俳句では簡単に用いないようにしましょう。

「ママチャリ」「スマホ」「アプリ」などの略語もできるだけ使わないようにしたいですね。

第4週 7日目

説明的になっていませんか？

俳句は、説明的になってはよくないといわれます。説明的とは、たとえば「何々は〜だ」「何々は〜している」というような、いわゆる普通の文章のように書かれたものです。

俳句は文章とは違いますので、同じ内容をあらわすにしても、それが説明になっていてはいけないということです。俳句をつくるときは、単純な文章ではなく、俳句らしいリズムを意識することが大切です（▼20ページ）。

俳句が説明的になってしまうのには、いろいろな原因がありますが、初心者によくあるのは、**助詞の使い方が文章的になっている**場合です（▼88ページ）。

つぎの二句を見てください。

1 小春日に今日の散歩のノルマ終へ
2 小春日や今日の散歩の一万歩

1のように「小春日に」とすると、「小春日に〜をしています」という説明的な表現になりがちです。これは、「切れ」がないということにもつながり、ひと続きの文章のようになってしまいます。

2のように、助詞の「に」を切字の「や」にしてみましょう。説明的な感じが弱まり、俳句らしい切れが出ます（▼40ページ）。中心になる語句や季語に切字をつけたり、体言止めや終止形にするなどして、**切れをつくることを意識**しましょう。

また、「ノルマ終へ」は、「一万歩」とすることで、ノルマが具体的に伝わり、読む人の共感を得やすくなります。**最小限のことばで具体性を出すことは、作者の独自の視点を表現すること**でもあります（▼32ページ）。

どうしても説明的な印象が残ってしまう場合は、**俳句の語順をかえてみるのもひとつの方法**です。上五と下五を逆にしたり、句の前半と後半を入れかえたりするだけで、印象が変わり、全体の収まりがよくなって、俳句として成立することがあります。

推敲するときは、俳句らしいリズムが心地よく響いているか、くり返し声に出して読んでみることが大切です。

問

つぎの句で、説明的になっている助詞を１か所だけ書きかえ、より趣のある俳句にしましょう。書きかえる助詞に○をつけ、手直しした俳句を空欄に書き込んでください。

1 庭園の古きベンチに柿落葉

2 ビロードのやうな青田が匂ひ立つ

3 父の忌はこころに沁みる春時雨

解答と解説

1 庭園の古きベンチ(や)柿落葉
2 ビロードのやうな青田(の)匂ひ立つ
3 父の忌(や)こころに沁みる春時雨

1は、「古きベンチに」の「に」が説明的な助詞です。ベンチの上に柿落葉がのっているという単調な情景しか描写できていません。切字の「や」で切ると、まず庭園にあるベンチを捉えてから、つぎの段階で、ぐっと柿落葉にクローズアップしていく映像がイメージできます。

2は「青田が匂ひ立つ」の「が」が説明的な助詞です。俳句では、主語で使われる「～が」は、「～の」と置きかえることができます。「やうな」や「匂ひ立つ」といった旧仮名遣いのやわらかい印象にも合います。

3は、「父の忌は」の「は」が説明的な助詞になっています。切字の「や」で切り離し、父の忌に寄せる思いをまず強調して表現します。

問

例を参考にして、説明的な文にならないように手直しし、推敲例を書き込んでください。読み手にも意味が伝わるように別の表現やいい回しを考え、俳句らしい切れも意識しましょう。

例

原句　茶畑のつながる丘でひと休み

推敲例　茶畑のつづける丘や腰下ろす

完全に文章のようになってしまっていますので、俳句の切れが出るように中七を「や」で切ります。「つづける」は文語で「つづいている」という意味です。下五は、「ひと休み」している様子が具体的に見えるよう動作を表現しました。

1

原句　海を見て外人墓地のアマリリス

推敲例

2

原句　父の日の形見の時計まだ動く

推敲例

解答と解説

推敲例のひとつです。参考にしながら、自分なりに推敲してみましょう。

1　海を向く外人墓地やアマリリス

海を見ているのが、外人墓地なのか、アマリリスなのか、作者なのかがあいまいです。外人墓地の墓がみな故郷につながる海のほうを向いている。その墓の傍らにアマリリスが咲いているという句にしてみましょう。切字の「や」を置いて、切れも入れてみましょう。

2　父の日や形見の時計時刻む

「まだ」という表現が説明的にさせています。まだ動いている様子を「時刻む」にしてみます。切字を使って切れを入れます。

今日の一句

4週間にわたる俳句学習もいよいよ最終日です。今日は、これまでに学んだことを思い出しながら、今の季節の句を自由につくってみましょう。

今日の名句

夏嵐机上の白紙飛び尽す　正岡子規

季語 夏嵐　**季節** 夏

「夏嵐」は、夏に吹く湿り気のある強い風のことです。開け放しの窓から強い風が入ってきました。机の上に置かれた紙が、勢いよく舞い上がった状況を「飛び尽す」と表現しています。まだなにも書かれていない白紙が部屋に舞う光景が印象的です。

俳句につける前書きとはなんでしょうか

どこで、どういうときに詠んだとか、あるいはなんのために詠んだとか、句の前に添える説明書きを「前書き」といいます。たとえば、子規の〈柿くへば鐘が鳴るなり法隆寺〉の前には〈法隆寺の茶店に憩ひて〉という前書きがあります。

「亡き母に」「友と温泉旅行にて」など、読む人に理解してもらおうと前書きをつけたくなることもあるでしょう。しかし、俳句は読む人にいろいろに解釈され、想像をゆだねるところにおもしろさがあります。

前書きがあると、読み手にとっては句の意味を理解する手がかりになる一方、句のイメージや解釈が限定されてしまう可能性があります。

俳人には前書きをよく使う人もいますが、最初は前書きに頼らずにつくりましょう。前書きを添えたい場合は、まずは、俳句のみでも成立するようにつくり、前書きは読解を深めるものと考えましょう。

俳句を長く続けるために

俳句の上達を目指すなら、結社（けっしゃ）に入ったり、カルチャーセンター、市民講座などで開かれている講座を受けたりすることをおすすめします。

俳句は「座の文芸」ともいわれるように、俳句をつくる仲間が集まり、互いの句をもち寄って鑑賞しあったりするのも楽しみのひとつです。また、それによって俳句をより深く味わい、自分の俳句の腕を上げて、さらに世界を広げることもできるでしょう。

結社とは、同好の人々が集まった会で、俳人が主宰者になっているものが主です。数十人の小さいものから千人近い大きなものまで規模はさまざまで、会員が投稿するための会誌を発行したり、句会を開いたりしています。結社は俳人の系統により個性がありますから、自分の好きな俳人がいれば、その師系（系流）に連なる結社にするなど、相性を考えて選ぶのがよいでしょう。結社の連絡先は俳句雑誌の広告やインターネットなどでも見つけることができます。

句会は初心者でも参加することができます。結社主宰の句会のほか、カルチャーセンターなど結社とは関係ない句会もたくさんあります。会員以外の人が参加しても、入会の勧誘などはされませんので、安心して気軽に行ってみましょう。

句会は毎月一回開かれるもので、一般的な句会はだいたいつぎのような流れで進行します。

句会の流れ

1　投句（とうく）する

会場で短冊のように細長く切った紙に各自があらかじめつくっておいた俳句を書きとめます。あとで、ほかの人が読んだり写したりすることになるので、間違いのないようできるだけ見やすく書きます。

これを「投句」といいます。欠席した場合でも投句だけはできる句会もあります。用いる季語やことばを事前に決めておくことを「兼題（けんだい）」といいます。季語は句会が開かれる季節のものにするのがルールです。「席題（せきだい）」といって、その場で出された季語やことばで句をつくり、投句することもあります。

2　清記（せいき）する

投句の短冊は幹事役の人に渡し、幹事は出席者全員のぶんを集めてよくシャッフルします。これを全員に分け、各自は、受け取った作品を「清記用紙」という紙に書き写します。これが「清記」です。清記用紙には記入者の名前と通し番号を入れます。番号は主宰者を「1」とし、時計まわりなどで順番を決めます。

3　選句（せんく）する

それぞれの清記用紙は参加者全員に回覧します。このとき、三句とか五句とか、あらかじめ決められた数で自分がよいと思う句を選んでおきます。これを「選句」といいます。回覧時に、まわってきた清記用紙の句をノートなどに書き写しておくとよいでしょう。清記用紙の枚数が少なければ全員ぶんをコピーして配布すると便利です。

4　披講（ひこう）する

選句が終了したら、順番に選句した句を読み上げます。「○○選」と自分の名前をいってから読み上げる場合もあります。これを「披講」といいます。

披講で自分の句が選ばれた作者は、そのときに名乗りをあげるのが決まりです。幹事は選の多く入った句を発表し、点数の高い順から主宰者を中心にして批評や感想を述べあいます。

句会では、互いをファーストネーム（俳号のある人は俳号）で呼び合うのが通例です。名前を名乗るときも、俳号またはファーストネームを使います。

句会をある期間続ければ、自分のつくった句がたまってきます。それを集め、句集を自費出版する人もいます。句会のメンバー合同で出版する方法もあります。句集の自費出版サービスはいろいろありますので、費用や仕上がりなど、納得できるところを探してみるとよいでしょう。句集を出すという目標をもてば、句作にもはりあいが出てくるはずです。

俳句を長く続けるためには、楽しんで取り組めるようにすることがいちばんです。仲間と活動したり、雑誌や新聞に投稿したり、自分なりの俳句ライフをみつけてみましょう。

■ 監修者

日下野 由季 ひがの・ゆき

俳人。1977年東京生まれ。國學院大學および早稲田大学卒業。ともに日本の古典文学を学ぶ。俳誌「海」編集長。第17回山本健吉評論賞受賞。句集に『祈りの天』（ふらんす堂）がある。情熱的な思いを透明感のあることばで表現する作風で支持され、早稲田大学オープンカレッジ、新潮講座にて俳句講座を担当するほか、各地の句会などで活躍中。

■ スタッフ

装丁・本文デザイン	鷹觜麻衣子
イラスト	岸　潤一
執筆協力	高橋正明（ブライズヘッド）
編集協力	倉本由美（ブライズヘッド）
校正	鷗来堂

4週間でつくれる
はじめてのやさしい俳句練習帖

2017年4月20日　第1刷発行
2018年3月1日　第2刷発行

監修者　日下野由季
発行者　中村　誠
印刷所　株式会社 光邦
製本所　株式会社 光邦
発行所　株式会社 日本文芸社
〒101-8407　東京都千代田区神田神保町1-7
TEL 03-3294-8931（営業）　03-3294-8920（編集）

Printed in Japan 112170420-112180215 Ⓝ 02
ISBN978-4-537-21467-3
URL https://www.nihonbungeisha.co.jp/

（編集担当：角田）